文春文庫

夢うつつ

あさのあつこ

文藝春秋

夢うつつ　目次

夢うつつ

プロローグ

わたしの日常は、毎日、ほぼ何事もなく過ぎていきます。今までの人生もそうでした。そりゃあ、恋もしました。失恋もしました（しかも、しょっちゅう）。転んで怪我をしたことも、ちょっと怖かったり、不思議だったりの体験をしたこともあります。死ぬほど恥ずかしいと感じたことも、滾《たぎ》るほど他者を憎んだことも、嬉しくて飛び跳ねそうになったこともあります。でも、どれも第三者から見ればささやかなもの。取るに足らない個人的な出来事にすぎません。波乱万丈なんて言葉からは、百万光年も隔たっているのです。

平凡でごくごく普通で、ちっとも目立たない。換言すれば、退屈このうえない日々を生きてきたし、これからも生きていくと思います。今からちょっと昔、わたしがまだ若かったころ（と言ってもアラサーぐらいでしたけど）、何の変哲も無く過ぎていく日々がせつなくて、つまらなくて、泣きたくて、心が沈みこむほどに厭《いと》うたりもしました。十代のころも同じように悶々とはしていましたが、わたしはとびっきり若く、愛らしく、美貌と才能を兼ね備え（真っ赤な嘘です。ごめんなさい）、自分が華々しく変わる未来を信じることができました。むろん、何の根拠もありません。でも、根拠が無くても自分を信じられるのが若さです。幻を愛せ、幻影に恋ができるのです。でも大人になるとそうもいきません。幻に振り回されない強さを得るのと引き換えに、現実を受け入れなければならなくなります。そして、自分の前に続く平穏だけれど退屈な日を見てしまうのです。それは、ある面とても幸せではあるのですが、反面、焦燥を掻き立てられ呻《うめ》くことでもありました。

そんな日々を支えてくれたのが数々の物語です。わたしは、夢中で本を読み、束の間でも平凡な自分と自分の日々を忘れようとしました。そして、それはある程度、成功したようです。あのとき、本という存在がなかったらと考えると、寒気がします。

でも、でも、でも、この退屈極まりない日々が書き手としてのわたしの源泉なのだと、わたしはこのごろ気がつきました。わたしが曲がりなりにも物語を綴《つづ》ってこられたのは、この日々があったからこそなのだと。一見、平凡と思えること、何の華もなく過ぎていく時間が実は物語の種を豊饒《ほうじょう》に内包しているのだと……やっと気がついたのです。

その証を鮮明にしたくて手がけたのが今回の作品です。今まで、わたしが書いてきた作品群とはちょっと、いささか、かなり質がちがうかもしれません。わたしの日常に生まれた小さな出来事、それは何気ない会話であったり、ささやかな自然現象であったり、取るに足らない事件であったりするのですが、そんなものがわたしの書く物とどう繋《つな》がっているのか、意識的に試してみようと思ったのです。前半のエッセイの部分を書くために、わたし自身さえ忘れかけていた記憶をまさぐってみたり、普段よりもちょっと神経を鋭敏にして、「わたしの日常」に網を張ってみたりしました。無駄な会話や行動がごろごろしている中から、ちょっとおもしろそうな種を拾い出し、短い物語に仕立ててみたのです。骨は折れましたが、実に愉快でもありました。自分の書いた物語によって、自分の日々が照射されるのです。

わたしの眼が、わたしの嗅覚が、わたしの身体が、わたしの心が捉えた世界が物語に結実していく過程を自分の内に生々しく感じることができました。祖母が教えてくれた優しく温かな手遊びを思い出したりもしました。

どんな慎ましやかな、地味な生であったとしても、いや、だからこそ、そこは物語の宝庫となりうる。十代のころと同じく、根拠のないままに自分を信じて書いていきたい。この一冊をしあげた今、わたしは、心底からそう思っています。

二〇〇九年八月

あさの　あつこ

くじら坂で

道に惹かれる。道は未知。そこを行けば、見知らぬ世界に辿りつける。そんな思いに駆られることがある。

犬を連れて散歩の途中。山の斜面に伸びた岨道《そばみち》を見つけた。人一人がやっと通れるほどの幅しかない。いつもの散歩コースなのに、こんな道があったなんて今まで気がつかなかった。

歳をとったせいか、生来の怠け性が肥大化したのか、このところとみに散歩嫌いになり、そのくせ食欲は一向に衰えない愛犬は「お母さん、散歩は切り上げて、早く飯にしてくれよ」と露骨に尻込みする。怒鳴りつけ、罵《のの》り、力任せに引っ張って（通常の二倍のエネルギーを使います。ダイエットにはいいかもしれません。ゼィゼィ）岨道を登って行く。

夜半に降った雨のせいで道はぬかるんでいた。丈の短い草の上に澄んだ細水の流れができている。もう少し雨量が増えれば、この道も含めて辺りは山水に沈むのかもしれない。どういうわけか、犬は妙に積極的になり、ぐんぐんと歩き始めた。かなりのスピードだ。足場の悪い道をわたしは、犬に引きずられるように歩いていく。

そして、竹林の中に出た。

昔はそれなりに手入れの行き届いた竹林だったのだろう。今は荒れ果て、進むものを拒むように密集し、道を飲み込んでいた。青竹の香りと土のそれが混ざり合い、豊饒《ほうじょう》にも妖艶にも感じられる匂いが立ち上る。スニーカーが濡れて、重い。

ここまでだな。

さかんに嗅ぎまわっている犬を促し、帰ろうとした瞬間、竹が鳴いた。いや、嗤《わら》ったのだ。吼《ほ》えたのだ。

カツーン、カツーン、カツーン。

風が竹をしならせ、竹は風にしなりぶつかり合い、乾いた音をたてる。それだけのことだった。ただの自然現象。珍しくもない出来事。でも、わたしは聞いてしまった。

あれは、竹の嗤い声、咆哮だった。それを聞いてしまったのだ。

悲鳴をあげて逃げ帰るほど、ヤワではない。でも、鳥肌は立った。「えー、もう帰るんすか。せっかく調子よくなってきたのに」と露骨に嫌がる犬を怒鳴りつけ、罵り、力任せに引っ張って岨道を降っていく。いつもの慣れた道に立ったとき、なぜか深呼吸を繰り返していた。

ただそれだけのことだ。でも、これだから、道はおもしろい。どこに繋《つな》がるかわからない粗末な道であればあるほどおもしろい。思わぬ世界に導いてくれたりする（まったく余談ですが、この経験をもとに故郷の竹林の中で心をさ迷わす女の話を書きました。『ぬばたま』という本に収録されています。あっ、べつに宣伝しているわけじゃないですよ）。

未知の道だけではない。歩きなれた道だって豹変《ひょうへん》する。稀にだが、そんな場面に遭遇したりする。ほんとうに、稀にだが。

数年前、川蜻蛉《とんぼ》が大量に発生した夏があった。羽黒蜻蛉と呼ばれる翅《はね》の黒いほそっこい蜻蛉だ。

やはり、犬（まだ、若くて散歩が好きでした）を連れて、川土手を歩いていた。土手には名前は知らないが落葉の大樹が数本並んで枝をのばし、葉を茂らせていた。真昼でも涼やかな風の吹く場所だ。その大樹の陰になる道、十メートルほどの距離に羽黒蜻蛉がびっしりと止まっていた。ええ、それはもうびっしりと。

わたしは唖然として立ち止まる。犬は、なぜ止まったのか解せぬという風にわたしを見上げ、おざなりに尻尾を振った。それから、「行こうぜ。おれはこんなところでぐずぐずしたくないんだ」と歩き出す。わたしは、おそるおそる足を踏み出した。

ふわり。

蜻蛉が飛び立つ。

本当にふわりだ。丸く柔らかく、わたしの踏み出した場所の蜻蛉だけが空に浮かび上がる。

ふわり、ふわり。

振り向けば、蜻蛉はやはりふわりふわりと地に戻っていく。蜻蛉のトンネルだった。幾十、幾百という蜻蛉のトンネル。艶のある漆黒の翅が視界を束の間覆う。トンネルを抜けて眼にした空と川面の青の、何と鮮やかだったことか。

後にも先にも、あんな経験をしたことはなかった。

夏が来るたびに、庭に羽黒蜻蛉がやってくるたびに、いそいそと川土手に走るのだけれど、数匹がふわんふわんと浮遊しているだけで、トンネルなど望むべくもない。

あれもこれも夢だったのかしらと、今でも思うことがある。

竹の囀い声も蜻蛉のトンネルも、道が気紛れに見せた幻だったのかしらと。

竹林はますます荒れ、道は崩れ、もう歩くことは叶わない。大樹は切り倒された。土手道は明るくなり、この前歩いていたら、オニヤンマがぶつかってきた。けっこう痛かった。
それが現実だ。でも、道は物語を喚起してくれる。こんな風に……。

くじら坂は住宅街にある。信乃町一丁目のバス停で下りて、東に一、二分ほど歩くとコンビニが見えてくる。全国チェーンではあるが、それほど有名ではない店だ。くじら坂は、そのコンビニの横手から山の手に向かって、りっぱだけれど古びた屋敷と新しいけれどどれも似た感じのする建売が混在する住宅地まで伸びている間道だった。

この道がなぜ、くじら坂と呼ばれるのか……おれは知らない。知っている者なんていないんじゃないかな。くじら坂はくじら坂。それでいいのかもしれない。

くじら坂の傾斜は緩やかなままだらだら続き、昔、さる大財閥の長の妾宅《しょうたく》だったというりっぱだけれど古びた屋敷の角を曲がるとふいに、摘み上げられたように度合いが大きくなる。急傾斜の坂道の辺りには、カラフルな屋根の新しいけれどどれも似た感じのする建売住宅が並んでいた。夏が始まって間もない今、どの家の庭にも薔薇《ばら》だの紫陽花《あじさい》だの矮性《わいせい》の向日葵《ひまわり》だのが咲き乱れていて、目に眩しい。坂のずっと上にあるおれの家の庭にも、この時季、母親の丹精した夏花が爛漫《らんまん》に咲き誇っている。

おれはくじら坂の中ほど、傾斜が急に急になる（別にダジャレてるわけじゃない）場所に立ち、息を吐き出した。

この場所に立つたびに吐息をもらしてしまう。以前のように嗚咽《おえつ》が込み上げてきて、涙がどうにも止まらなくなるなんてことはさすがになくなったけれど、胸の奥が締め付けられ息が詰まるような、背骨を摑まれて上下に揺すられるような、丸っこい指の先で心臓のあたりを引っ搔かれるような、何とも言えない気分はちっとも褪《あ》せないままだ。おれは、その気分を自分の内から追い出したくて、くじら坂の中ほどに立って、何度も息を吐き出す。吐き出しても、吐き出しても、気分は薄れも減りもしないのだけれど。

明香《あすか》のことを思う。

おれと同じ十七歳の明香のこと。

明香は顔立ちも体つきも、ちょっとだけぽっちゃり系だった。二重まぶたのくりくりした丸い目と小さなやはりぽっちゃりした唇をしていた。おれは、明香のぽっちゃり度が好きだった。とても、好きだった。ふわりと丸くて優しげだ。見ているだけで和んでしまう。明香は外見だけでなく、内側もふわりと丸く優しかった。おれは、明香の外見も内側もとても、とても、とても好きだった。女の子、というか、他人のことをこんなに好きになれるなんて、自分で自分が不思議でしょうがなかった。

おれと明香は十七歳だったけれど、誰にも負けない本気の恋をしていたと思う（恋に勝ち負けって……ないか）。それなのに、明香は痩せたがってばかりいた。「痩せたいなあ、痩せたいなあ」が口癖で、夏が近づくとその口癖が「痩せる。絶対に痩せる」に変わる。

女の子ってどうしてああも痩せたがるんだろう。正直、明香を含めた女の子たちの痩せ願望をおれは、理解できない。

おれは、ぽっちゃりした明香が世界の誰よりきれいだと思っていた。今でも、思っている。

あの日……。

「別に、いいだろ。無理に痩せなくても」

そのころ明香が食べていた弁当の、おまえはキリギリスかとつっこみを入れたくなるような野菜だらけの中身を思い出し、おれはダイエットなんかやめろよと忠告した。

「おれは、今の明香が好きなんだから、今のままでいろよ」

我ながら決め台詞だと思う一言を口にする。明香は白い頬を少し染めて笑った。豊かな、美しい笑顔だった。見惚れてしまう。しかし、明香はすぐに真顔にもどり、智《とも》くんとおれの名を呼んだ。

「智くんがそう言ってくれるのはすっごく嬉しいけど、あたし……やっぱり、あと五キロは痩せたいんだ」

おれは五キロ痩せて、頬のこけた明香を想像しぞっとした。明香は明香のままでいい。ふわりとしていて、柔らかい。ぽっちゃりしていて、笑顔が眩しい。そんな明香が最高なのだ。

「痩せなくていい。つーか痩せるな」「痩せたいの」「何のために痩せるんだよ。おれは、今のままでいいって言ってんだぞ」「あたしはかっこよく水着を着たいの」「見栄っ張り」「横暴男」。珍しく言い争いになり、おれはつい、

「明香はデブでいいんだ。デブが痩せようなんて思うな」

と、ひどい言葉を叫んでしまった。しまったと思ったがもう遅い。明香の双眸に涙がもりあがる。涙を零《こぼ》しながら立ち上がる。

「あたし、帰る」

おれたちはおれの家のおれの部屋にいて、おれはベッドにもたれ、明香は窓の下で、クッションを抱いて座っていたのだ。

「おじゃましました。さようなら」

明香がクッションを放り出し、おれの部屋から、そして、玄関から飛び出していく。おれは一呼吸遅れて、クッションに躓《つまず》いてよろめきさらに二呼吸遅れて、後を追った。明香は体形のわりに足が速い。おれが玄関前の道路に出たときかなり先を走っていた。猛ダッシュで追いかける。反省していた。

デブなんて嘲《あざけ》りの語だ。そんな一言を他人に投げつけてはいけない。まして、世界で一番愛しい相手に向ける言葉じゃなかった。

「待てよ、待てったら」

妾宅だとうわさの屋敷の角で明香の腕をつかまえ、おれは大声で「ごめん」と謝った。本気で謝った。明香が振り向く。涙の跡が頬に残っていた。

「ごめん。おれが悪かった。けど……おれ、明香が瘦せてても太ってても好きだ。ものすごく好きだ。それだけは信じてくれ」

謝ってるのか、告白してるのかわからないようなおれの叫びに、明香の黒眸がうろつく。口元がほころぶ。

「智くんたら、あのね」

あのねの後にどんな言葉が続いたのか、おれは聞くことができなかったし、明香は言うことができなかった。猛スピードでくじら坂を上って来たワゴン車がスピードを緩めないまま、角を曲がって……。

「あんなところに……道の真ん中に人がいるなんて思わなくて……」

ワゴン車を運転していたおっさんの弁だ。くそくらえ。道ってのは車のためにあるんじゃない。人だって、犬だって、雀だって横切るんだぞ。当たり前だろうが。ばかやろう。

おれたちは弾き飛ばされ、道路に叩きつけられた。おれは、しかし、意識を失いはしなかった。あの時、どうしてそんなことができたのか、今でも不思議だ。おれは意識を保ったまま、明香を捜した。目がよく見えない。ぼんやりとした視《め》が横たわったままぴくりともしない明香を捉えた。

「明香！」

這い寄って、明香の柔らかな丸い身体を抱上げる。

「明香、明香、明香」

必死で名前を呼ぶ。明香のまぶたが少し動いた。「智……くん」。明香はおれに向かって手を差し出した。

「ひどい……血……智くん」。それがこの世で聞いた明香の、最後の言葉だった。

おれたちの事故のあと設置されたカーブミラーの根本に黄色いアイリスの花束が置か

れている。今日が命日だと知っている誰かが、手向《たむ》けてくれたのだろうか。明香は黄色い花が好きだった。おれは花になんてまるで興味ないけれど、カーブミラーの下で萎《な》えかかっている黄色のアイリスを美しいと感じる。

美しい黄色いアイリス。

それを眺めるともなく、眺めていたら、後ろで長いため息が聞こえた。驚いた。驚いた顔のまま振り向く。細面の背の高い男が立っていた。三十前後に見えた。夏だというのににぴしっと背広を着てネクタイを結んでいる。ほんとうだったら暑苦しく見えるのだろうけれど、男の顔色が悪いせいか寒そうにさえ思える。

「どうも」

男は気弱そうな笑みをおれに向けてきた。「どうも」と、おれも挨拶をする。

二人ともしばらく黙り込んだ後、

「今日が命日になるものでね」

男がぼそりと言った。

「去年、ここで事故を起こしてしまって……」

「ああ」とおれはうなずいた。思い出した。去年、坂を下ってきた乗用車がカーブを曲がりきれず妾宅の石垣にぶつかるという事故があったのだ。命日ということは、あの事故で死者が出たんだ。知らなかった。

「結婚記念日でしてね。妻と二人でお祝いしての帰りでした。ぼくが運転していたんです。酒は飲んでなかったんですよ、一滴もね。ぼくは下戸で、アルコールはまったくだめなんです」

「はぁ……」

「酒なんか飲んでなかったんだ……それなのにどうして、あんな拙《まず》い運転をしてしまったのか……妻に申し訳なくて……」

男はうつむき涙を零す。おいおい、かんべんしてくれよ。正直、そう言いたい心境だった。だけど男の気持ちはわかる。自分の過失を責めて泣くしかできないのだ。おれだって悔いはある。山ほどある。だけどもう、どうしようもない。おれたちは生者と死者に分かれてしまったのだから。

男が顔を上げ、瞬きする。飛び出した喉仏が上下に動いた。息を呑み込んだのだ。

「あれは……」

くじら坂を女の人が一人上って来た。ほっそりとした、髪の長い、大人の女だった。白い袖なしのブラウスに灰色のプリーツスカート。地味な身なりをしている。

その人は黙ってぼくたちの前を過ぎ、カーブミラーの下に花束を置いた。黄色いバラの花だった。しゃがみこみ手を合わせる。

「明香」と、ぼくは大好きだった女の名を呼んだ。二十七になった明香があたりに視線をめぐらせる。

「もういいよ。おれのこと、もう忘れていいから。おまえさ、好きな人がいるんだろ。そいつにプロポーズされたんだろ。その人とちゃんと幸せになれよ。幸せになってくれよ。おれ、もう、ここには二度とこない。おまえも来るな。それが言いたかったんだ」

明香は目を伏せ、「智くん」と呟《つぶや》いてくれた。それから「さようなら」とも呟いた。

さようなら、明香。

「ぼくも、妻にそう言わなきゃいけないですよね」

去って行く明香の背中を見つめながら男が洟《はな》をすすりあげる。

おれはくじら坂の中ほどに、ものすごく淋しいけれど妙に清々《すがすが》しい心もちで立っていた。涙は出なかった。

まぁちゃんの白い花

いつだったか、もうずいぶんと前になる。たぶん、十年以上も昔のことだ。ちょっとした話を聞いた。

当時、わたしは今よりずっと若く（当たり前です）、三人の子どもたちに振り回され、ダンナと子どもたちを振り回して生きていた。

朝目覚めてから夜布団にもぐりこむまでの光陰が、文字通り飛ぶ矢の如く過ぎ去っていった。

人が人を育てる喜悦や困難、慰労や辛労をたっぷりと教えられ、自分の内に聖母も鬼母も、豊かな情も貧しい心根も存在すると気がつき、自分を誇らしく思ったり、落ち込んだり、おののいたり、胸を張ったりと、激動との一言はやや大仰かもしれないけれど、わたし自身が揺り動かされながらの日々だったことは事実だ。

今ごろになって、やれ少子化対策だの出生数の増加だのと騒ぐ為政者のおじさまたちは、人を育てること、我が子と日々を生きることが人にとって何を意味するのか、一度でもじっくりと考えた経験がおありだろうか。首を傾げる度合いがこのところ増している。

わたしは政治にはとんと疎い人間だけれど、政《まつりごと》の根幹はすべて人につながっている。それぐらいは、わかる。まして、子を産み育てる営みを政治側から支えようとするのなら、人間に対する深い洞察《どうさつ》と思索が必要だろう。そこを集票や選挙のための道具にするような政治家ばかりが跋扈《ばっこ》していては、この国の子どもたちは不幸だ。親も不幸だ。これから、親になろうかという若者も子を産みたいと望む女性も不幸だ。

せめて、子どもたちは幸福であってもらいたい。子どもと呼ばれる時間を心置きなく、何に憂うこともなく、楽しんでもらいたい。

一人の母親としてせつに思う。そのために、やれることはやるべきだとも、思っている。

さすがに「子どもに幸福を」なんてスローガンを掲げて、選挙に出馬しようなんてこれっぽっちも考えないけれど。

ただ、このごろ、ふっと感じる。

子どもって案外、したたかで強いんだな、と。

自らの力で自らの生を作っていく、そんなしたたかさと力を有している。わたしたちは、やたら、子どもたちを保護し、庇護《ひご》し、支え、助け、指導しようとする。それはそれで、少しも間違ってはいないのだろうけれど、いつの間にか子ども自身の力を信じきれない大人になっていたのかもしれない。それは善意の陰で、子ども自体を軽んじていることにならないか。

自戒とともに思ってしまうのだ。

閑話休題。ごめんなさい。

十年以上も昔のこと。

わたしは、母親仲間（この中の数人とは今も腐れ縁が続いております。くそっ早めに縁切りをしておくんだった）と、おしゃべりをしていた。みんな、自分が経験した怖い話を順々にしゃべっていたから、季節はたぶん夏だったのだろう。

U子は、真夜中に車で走っていてトンネルに差し掛かったら（ここで、そんな時間に何をしていたんよ。まさか不倫じゃなかろうなと、下世話なツッコミが入ります）、急にスピードが落ちて、いくらアクセルを踏んでものろのろとしか進まなくなった経験を、E美は、墓参りの帰りにすれちがった老婆が亡くなった叔母さんにそっくりだったという話を披露した（その叔母さん、そのお墓に入ってるん？　いや、お墓は鳥取にあるんじゃけど。じゃあ、関係ないや。まあな。という、あっけらかんとした会話でお終いになりました）。わたしは、数日前に見た夢の話をした。河童《かっぱ》になって温泉に行く夢だ。その温泉が、小さいころ祖母に連れられてよく通った、村湯（わたしの故郷は温泉町なのですが、観光客用とは別に地元民たちのためにムラユと呼ばれる大衆浴場があったのです）だったのだ。自分がなぜ河童になったのかは定かではない。

「あほらしい」

U子が鼻を鳴らす。

「それは怖い話じゃのうて、馬鹿馬鹿しいだけやないの」

他の面々も賛成の意を示す如く、うなずく。わたしは、ふてくされて横を向いた。

「わたしのは……怖いって言うんじゃないけど」

わたしたちの中で一番若く、つつましいT代が口を開き、ぼそぼそとしゃべり始めた。それまで、ずっと黙ってコーヒーを飲んでいたのだ。わたしたちの顔を時々見やりながら、ぼそぼそ口調でしゃべるT代は何かを決意しかねているかのように、ふっと目を伏せたりする。

「全然、怖くないんじゃけど……この前、〇〇が夜中にな、急に泣き出して、吐いたりしたんよ」

〇〇にはT代の長女の名が入る。

「病気？」

「別に熱もないし……それにな、泣きながらごめんなさい、ごめんなさいって謝って……」

わたしたちは顔を見合わせる。

「あんた、○○ちゃんを寝る前にひどく怒ったんとちがうん」

わたしの遠慮のない言葉にT代は静かにかぶりを振った。T代はわたしの友人には珍しく、思慮深く優しい人柄だ。子どもがうなされるような、仮借《かしゃく》ない叱責《しっせき》をするわけがなかった。

「まったく、心当たりなくて……それで、朝、○○に昨夜はどうしたん？　って尋ねてみたんよな」

「うん」

「そしたら……手紙を書いたって」

「手紙？」

「仲良しの△△ちゃんに、ひどい手紙を書いてくつ箱に入れたって」

わたしたちは再び顔を見合わせる。○○ちゃんは、「頼むから、うちの娘と取り替えて」と縋《すが》りたいほどに出来の良いおじょうさんだ。お母さんに似て、姿も人柄も美しい。

その〇〇ちゃんが、イジメを？　ちょっと信じられない。

「どういうことやろ」

「わからん、結局、それ以上、何にも言わずに学校に行ったんよ。うち、どうしようかと思うて。先生に連絡した方がええかな」

「いや、待ちぃ」

U子が生真面目な表情で、首を振った。

「もうちょっと口を挟まんと、待っとき」

「待っといた方がええかな？」

「まずは、〇〇ちゃんが帰ってくるのを待ってからにしいや。連絡するのはそれからでも遅うないて」

「そうやで。学校に連絡する前に、〇〇ちゃんの話をきちんと聞いた方がええわ」

自分のことならおろおろと戸惑うけれど、他人ならいささかでも冷静になれる。戸惑ったとき、迷ったとき、他人の冷静な意見は案外、剛力な杖とも標ともなる。その他人がいいかげんで、ケチで、暢気《のんき》すぎる手合いであっても真剣に耳を傾けてくれる仲間であるなら心強いことこの上ない。

T代が唇を丸め、ほっと息を吐き出した。しゃべって、少し楽になったのだろう。声音がやや軽くなる。

「うん……けど、うち、ショックで」

「わかる」

と、わたしは相槌《あいづち》をうつ。本気でうなずく。

イジメというのは厄介だ。人の在り方の問題に起因するし、影響するから。我が子が苛《いじ》められているなんて、耐えられない。同等に、誰かを苛めているなんて事実にも母は手酷く傷付けられる。

人は迷う。過ちを犯し、他者を傷つけ、他者から傷付けられる。そして、親となったときから、わたしたちは自分のものだけでなく、子の過ちも傷も背負い込むことになる。自分の痛みより、子の苦痛の方が何倍も辛かったりする。

わたしの子が他者を苛《さいな》んでいる。

T代の受けた衝撃をわたしは理解できると思った。

数日後、T代に会ったとき、彼女はわたしが口を開くより先に教えてくれた。

「あのな、○○、ちゃんと謝ったって」

「ほんとに」

「なんか、いろいろあったみたいで……でも、校門のところで△△ちゃんに、ちゃんと謝った言うてた」

「そっか、がんばったんやな」

「いや、そんな手紙書くのが一番、いけんのんやけど……そこらへんは、これからじっくり聞いてみる」

「うん、じっくり、な」

T代は小さく笑い、静かにため息をついた。

そのとき、強く思った。子どもたちの再生の物語を書いてみたいと。自分たちの力で自分たちの生を構築していく、そのささやかな、でも、強靭《きょうじん》な過程をつぶさに物語として表してみたいと。


真由菜《まゆな》は、走っていた。必死に走っていた。

わたし、なんで、こんなに走っているんだろう。

なぜ？　どうして、止まらないの。助けて、だれか助けて。

叫ぼうとして口を開けたとき、足の下にぽかりと穴があいた。

落ちていく。穴の底へとまっ逆さまに落ちていく。

目が覚めた。白い天井が見える。青いチェックのカーテンも見え、まちがいなく、真由菜の部屋だ。時刻は、もうすぐ午前七時になるところだった。いつもの起床時間より三十分も早い。だけど、もう一度、布団にもぐりこむ気にはなれなかった。

ため息をついていた。ため息をつくと涙が零《こぼ》れそうだ。

ひどいことをしちゃった。花歩《かほ》ちゃんにひどいことしちゃった。


昨日の放課後、真由菜は、花歩ちゃんのくつ箱に手紙を入れた。それは、とてもいじわるな手紙で、中には「死ね」とか「バカバカ、バイキン女」とか「学校にくるな」といった、汚い言葉が書きつらねてある。そんな手紙を花歩ちゃんのくつ箱に入れたのだ。

「真由ちゃん、入れてきてよ」

光子《みつこ》ちゃんに言われた。手紙を書くように言ったのも光子ちゃんだ。破いたノートに、光子ちゃんや久美恵《くみえ》ちゃん綾美《あやみ》ちゃんたちが、いろんないじわるな言葉を赤鉛筆や黒のボールペンを使って書いた。その後、光子ちゃんが真由菜の前に、ノートを差し出したのだ。ノートは、お葬式の写真みたいに黒くふちどられていた。ぞっとした。

「真由菜ちゃんも、何か書いてよ」

「え……でも、わたし……」

「花歩ちゃん、むかつくでしょ。ちょっとだけ懲らしめてやろうよ」

光子ちゃんは、真由菜に向かって片目をつぶってみせた。光子ちゃんのことは嫌いではない。はきはきしていて、頭もよくて、親切なところもある。去年も同じクラスだったけれど、体育の時間、転んでケガをした真由菜を保健室まで連れて行ってくれた。その日の下校のとき、家の近くまで真由菜の荷物を持って送ってくれた。「痛くない？無理しないで、ゆっくり歩けばいいよ」と真由菜にあわせてゆっくり歩いてくれた。優しいのだ。光子ちゃんの内側にはとても優しい部分がある。でも、気が強くて、誰かに負けることにがまんできない部分もある。

この秋、市が主催する「小、中学校秋の展覧会」に学校の代表として、光子ちゃんと花歩ちゃんの絵が出品された。そして花歩ちゃんの絵は、みごと最高の「市長賞」に選ばれたのに、光子ちゃんの作品は佳作にもならなかった。朝礼のとき、全校生徒の前で校長先生は、花歩ちゃんのことだけをほめた。

「とてもすばらしい絵です。額に入れて正面玄関に飾りますから、みなさんもぜひ、見てください。ほんとうにすばらしいです」

にこにこ笑いながら、すばらしい、すばらしいを連発したのだ。光子ちゃんの作品については一言もふれなかった。

だから、光子ちゃんは花歩ちゃんにむかついているのだ。花歩ちゃんみたいな、勉強でも運動でも、そんなに目立たないような子に負けて、悔しいのだ。

でも、でも、それって……花歩ちゃんのせいじゃないよ。

そう言いたかった。花歩ちゃんとは、幼稚園のときから友だちだ。そのころから、花歩ちゃんは静かで優しくて絵が上手だった。

「まぁちゃんにプレゼント」

一年生のとき、花歩ちゃんは真由菜の顔を画用紙いっぱいに描いて、誕生日に渡してくれた。十二色のクレヨンで丁寧に描いてある。絵の中にはたくさんの色とりどりの花が咲いていた。とくに、真由菜の胸のところに咲いた白い花は、ハート型の花弁のすてきなすてきな一輪だった。

花歩ちゃんは、今でもたいせつな友だちだ。いじわるな手紙なんて書きたくない。だけど……。

光子ちゃんの顔をちらりと見上げる。書きたくないって言ったら、次は、あたしがいじめられるかもしれない。それは……嫌だ。

「真由菜ちゃん、早く」

光子ちゃんの声が少しとがってくる。

「だけど……何て書いたらいいか、わからないし……」

「死んじゃえって書けば。その下にドクロも描いてよ」

真由菜は言われたとおりにした。

死んじゃえ。そしてドクロの絵。

それを花歩ちゃんのくつ箱に入れた。入れた後、光子ちゃんたちといっしょに陰に隠れて、花歩ちゃんのようすを見ていた。花歩ちゃんは手紙を読んですぐ、顔を歪めた。くしゃり。そんな音が聞こえそうなほど、強く歪めた。涙がもりあがり、コンクリートの床にぽつん、ぽつんと落ちていく。とても辛そうな顔だった。目にやきついている。

真由菜はベッドから出て、窓のカーテンを開けた。鳥の声が聞こえる。空は青く、うすい雲がベールのように広がっている。そのうす雲を貫いて、朝の光がきらきらと地上にふりそそいでいた。とてもきれいな秋の朝だけれど。真由菜の心は重い。重すぎて、うまく息ができないほどだ。花歩ちゃんの顔を見るのが苦しかった。吐き気がする。このまま、休んじゃおうか。気分が悪いって休んじゃおうか。だけど、明日はどうする。明後日はどうする。何日、休んだって、ベッドの中でうずくまっていたって、自分のやったことが消えてしまうわけじゃない。

どうしよう……。

そのとき、ふっと思い出した。あの絵、花歩ちゃんが誕生日のプレゼントにくれた絵。あれ、どうしただろう。長い間、忘れていた。あの絵が見たい。どうしても、見たい。今、すぐに。

机の一番下の引き出しをあける。『たからもののはこ』と、平仮名で上書きしてある白い箱があった。写真とかビーズのアクセサリーとか、人形とか、昔大事にしていた『宝物』が、一杯入っている。

「あった」

赤いリボンでくくられた画用紙があった。リボンを解き、伸ばしてみる。微かだけれどクレヨンの匂いがした。

わたし？

真由菜の顔だ。画用紙いっぱいの笑い顔。小さなころの真由菜が笑っている。耳の下で切りそろえた髪型の真由菜、すごく楽しそうに笑っている真由菜。前歯が一本、ぬけている真由菜。後ろにはいろんな花が咲き乱れている。色だけじゃなくて、花の形も一つ一つちがっていた。そして、胸には白い花が咲いている。絵の中から、笑い声が零れてきそうだ。花の香りが漂ってきそうだ。

わたし、こんなにすてきな顔で笑っていたんだ。こんなに明るくて、楽しそうに笑っていたんだ。

まぁちゃん。

花歩ちゃんの声が聞こえた。

まぁちゃんの笑った顔、描いたんだよ。わたしが一番好きなまぁちゃんの顔、描いたの。プレゼントになるかな？

花歩ちゃんはちょっと恥ずかしそうに、この絵を渡してくれた。

花歩ちゃん……。

その朝、真由菜は四つ角のところに立っていた。ここで待っていれば、花歩ちゃんが通る。花歩ちゃんに会って、謝ろう。

「花歩ちゃん、昨日の手紙、わたしが書いたの」。正直にそう言おう。それから深く頭を下げよう。「ごめんなさい」って謝ろう。謝ったら、花歩ちゃんは許してくれるだろうか。もしかしたら、怒るかもしれない。「ひどいよ、あんな手紙、書くなんてひどいよ」と、真由菜のことを怒るかもしれない。口をきいてくれなくなるかもしれない。

真由菜は両手を強くにぎりしめた。
でも、謝らなくちゃならない。このまま黙っていたら、二度とすてきに笑えなくなる。
謝らなくちゃ、どうしても謝らなくちゃ。
花歩ちゃんの姿が見えた。少しうつむいてゆっくりと歩いてくる。
「花歩ちゃん」
名前を呼んで、真由菜は一歩、花歩ちゃんに近づいた。

レンゲ畑の空

人の嗜好《しこう》には当然だけれど個性がある。だから、自分の好みを他者に押し付けるのは悪意だと、わたしは思う。いや、悪意というのはちょっと言い過ぎか。悪意ではなく……無智、あるいは鈍感、あるいはその二つが混ざり合ったものかもしれない。

わたしは無智でも鈍感でもない。

と、胸をはって明言できない自分が恥ずかしいし、辛い。この歳になってようやくわかってきたのだが、わたしはかなり独り善《よ》がりでお節介な性質《たち》であるらしい。自分が良いと感じたものは、他人も良いと感じるに違いないと、思い込んでしまうのだ。他人が『わたしの良いと感じるもの』に格別の興味や関心を示さないと、驚き、戸惑い、うろたえ、ひどいときには相手の感性を疑うがごとき言葉を平気で漏らしたりする。

手に負えない。被害を被った相手は数知れずいる。この前はわたしと同い年の悪友連中の一人だった。

行きつけの喫茶店でわたしはコーヒーを、彼女はアイスティーを飲んでいた。わざわざ時間を決めて待ち合わせするほどの仲でもない。偶然、居合わせただけだ。偶然、居合わせただけにしては、話が弾むのがオバサン力というもので（恐ろしい）、わたしたちは一時間近く一杯のコーヒーと一杯のアイスティーでねばり、しゃべり続けた。

話題は多岐にわたる。というか、とりとめなく拡散していくのだ。まずは同級生でもある互いの息子の話。

「〇〇くん、どうなん？　元気でやっとる」と、わたしが口火を切る。

「なんとか生きてるみたいじゃけどな。先月、付き合ってたカノジョと別れたらしいわ。ちょっと落ち込んでた」

「あらまぁ。栄養士さんで背が高くて年上で美人のカノジョと別れてしもうたの」

「それは前のカノジョ。今度のは、幼稚園の先生でちょっと太めやけど歌が抜群に上手い子やったわ」

「それじゃ、二人続けてカノジョにふられたわけか」

「アサノ、殴るで。なんでそう露骨な言い方するかな」

「ごまかしてもしょうがないが。けど〇〇くん、あんたの息子にしておくのは惜しいほど、美形やし性格もええのに、何でふられたりするかなあ」

これは本音。〇〇くんは親に似ない端正な顔立ちをしているばかりか、すこぶる気立てのいい好青年なのだ。わたしが三十年若ければ、押しかけても、押し倒してでも嫁になりたいぐらいだ。まっ、この姑《しゅうとめ》付きとなるとちょっと思案はするけれど。

「要は経済問題よな」

と、悪友がため息を吐く。

「女の子たちは、〇〇の給料が安すぎるって言うわけ。これじゃ、生活できませんって」

「まぁ、今時の若い娘《こ》は贅沢《ぜいたく》なことを。好きな男を養ってやるぐらいの気概がないんかしら」

とここで、若い娘たちへの苛烈な攻撃が始まる。これもオバサン力のなせる業《わざ》である。

「……で、〇〇くんてそんなに給料安いわけ？」

「そうなんよ。びっくりするで。月給……なんよ」

「ええっ。それじゃ確かに、都会では生活はできんよな」

「そうやろ、信じられんやろ。今年から給料三割カットなんやて」

〇〇くんは、地方の国立大学を出て、全国的に名の通った建設会社に就職していた。それが、給料三割カット、カノジョに連続失恋の憂き目に会おうとは。

「ひどい話やな。これは〇〇くんの責任じゃないで。国の経済対策の問題じゃが。このままじゃ、若者が結婚どころか、恋愛もできん国になる。そんなの許しとったらあかんわ」

突然、若者の味方となったわたしたちは国の無為無策を怒り、ついでに消費税の増税反対に息巻き、国会議員の世襲問題にこぶしを振り上げる。それから腰痛の話になり、わたしの飼い猫の異変について語り……ともかく、話題をころころ変えながら止め処なくおしゃべりは続いていくのだ。

わたしとこの悪友とは妙に気が合って、コーヒーと紅茶が一杯ずつあれば何時間でもおしゃべりできるのだ(別に自慢にはならない。店からすれば迷惑この上ない客だろう。店主が何十年来の知己《ちき》であり、かつ、気弱な性質なのをいいことに、我々は三百円に満たないコーヒー一杯で居座り続ける。ごめんなさい。たまには反省してますから)。その会話がふいに途切れ、悪友が不満げに唇を尖らせる。それから、こう言った。

「まったく、アサノはすぐ自分の好みを押し付けるんやから。あんたには、数え切れんほど欠点があるけど、中でも最大の欠点がその押し付けがましさやで」

言っただけでは飽き足らず太い指をわたしの顔面に突き出して、糾弾《きゅうだん》ポーズをとる。

「押し付けがましいってどこが？　うちは別に自然と共に生きる快感について語っただけじゃが」

「いや、ものすごい押し付けやで。あんたは、自分の価値観に縛られて偏屈になっとんよな。さらに意固地で意地汚く、ケチであさましい。うわっ、最悪」

「ちょっとそれ……言い過ぎじゃろ。たかだかレンゲ畑のことで」

そう、発端はレンゲ畑なのである。

わたしはレンゲ畑で寝転ぶのが大好きだ。特にこの時季、春と夏のあわいのころ、レンゲが盛りを迎える一歩手前のころが最高。陽射しが夏に近づき強力となると、レンゲの葉は固くしなやかさを失う。それまでが勝負なのだ。

和草《にこぐさ》と呼ぶに相応《ふさわ》しいしなやかな葉の上に寝転ぶ。和草はレンゲではなくハコネシダやアマドコロの古名だとも聞いた覚えがかすかにあるが、わたしにとって、寝転んで心地よい草は全て和草だ。少女の肌を思わせて瑞々しく心地よい。

ぐーんと両手両脚を伸ばし、仰向けに寝転がる。遥か高く空がある。真っ青に晴れ渡っているときも、薄雲が広がっているときも、暗くかげっているときもある。そこを区切る物は何も無い。山の稜線《りょうせん》も林立するビルディングも好き勝手に空中を走る電線も見えない。ただ空だけが果てなく広がる。背中には大地の仄《ほの》かな温かみが伝わり、レンゲの花と草々の匂いが鼻腔《びくう》から身体の内に滑り込む。

うーん、やっぱり最高。

というわけで、わたしは悪友に執拗にかつ強引に、『レンゲ畑での寝っ転がり』を勧めていたのだ。自分が最高と感じたことを他人に伝え、ストレス解消法として教授する。見上げた親切、見上げた優しさではないか。

なのに、悪友ときたら「押し付けがましい」とわたしを非難する。見下げた恩知らず、見下げた無礼ではないか。わたしはいきり立つ。

「ちょっと、人が親切に教えてあげたのにその態度はないじゃろ」

悪友が黙り込んだのをいいことに、わたしは嵩《かさ》にかかって攻撃を続ける。なんといっても、わたしの座右の銘は「強いと見ればさっさと逃げろ。弱いと見れば追いかけろ」なのだ。

「だいたい、あんたは感性が鈍すぎるんじゃわ。感性、わかる？　物事を感じる力のことで。いくらオバサンでも、感性だけには皺《しわ》や弛《たる》みを作ったらいけんのとちがう」

いつもなら、このあたりで「そういうのをカンセイの法則とか言うんかね」なんて、つまらないオバサンギャグで茶化すはずの悪友がだんまりのまま、冷たい紅茶をすすっている。いつもとちがう様子に、わたしの勢いは見る見る萎《しぼ》み、いささか心許なくさえなってくる。草食系ならぬ惰性系（ニュートンとは無関係です）のわたしは、「いつもとちがう」ことに極端に弱く、脆《もろ》い。

言い過ぎた？　いや、このくらいでへこむやつじゃないが。きっと頭の中で、あれこれ反撃の準備をしているにちがいない。おのおのがた、ご油断めさるな。

「うち、蛇が嫌いなんよな」

悪友がぽそりと言う。

「子どものとき、レンゲ畑で咬《か》まれたことあるんよ。すごい痛くて、熱が出て、もうちょっとで死にかけた」

死にかけた、あんたが？　今なら、アナコンダと決闘しても勝つんじゃない。そんな軽口を拒んでしまう暗い表情が悪友の顔には浮かんでいた。

「あれからレンゲ畑は苦手。レンゲの蜂蜜でも駄目なくらい」

何とここで、悪友は切なげなため息をついた。

「アサノの言うこともわかるんじゃけどなあ。レンゲ畑はどうしても、駄目じゃなあ。思い出すたびに怖くて……ごめんよ」

ひえぇぇぇ。そんな、素直に謝らないで。困る、困る、困る。

「いやいやいや、ごめん。こっちこそ、ごめん。あんたの気持ちも考えんと、ほんま、ごめん」

わたしはうろたえ、平謝りに謝る。あろうことか、悪友の目にはうっすら涙が浮かんでいるではないか。信じられない。こいつの涙なんて、欠伸《あくび》をしたときにしか出ないものだと思っていたのに。わたしはさらにうろたえ、ほとんどパニック状態に陥る。

「あっあの、いや、ほんとに、ごめん。あっ、何か注文する？　紅茶のおかわりとか。あっ、うちが、おごるけん」

「そんなん、悪いわ……」

ひえぇぇぇ。こいつが遠慮してる。奇跡だ。天変地異だ。

「ええよ、ええよ。印税が入ったばっかやし。おごるで」

「けど、たいした額じゃないじゃろ」

「う……まあ、確かに。けどランチ代……いや、ちょっとしたディナー代ぐらいはあったで。しかも数人分の。うん、ほんま、十人ぐらいはフレンチのフルコースおごれるな」

わたしはちょっと胸を張る。見栄っ張りなのだ。わたしの見栄はしょっちゅう、わたしの足を引っ張る。よくわかっているけれど、懲りずにわたしは見栄を張る。虚栄のための小さな嘘をつくのだ。

悪友がにっこり笑い、うなずいた。

「それなら遠慮せんかてええな。うち小腹がすいたからサンドイッチと紅茶にする。紅茶はレモンでお願いしまーす」

やられたと思ったときには遅かった。

紅茶を飲み、サンドイッチをぱくつきながら悪友は、

「今度、思い切って、レンゲ畑で寝転んでみようかなあ」

などと、ほざいたのだった。

これが現実ってものです。いくらレンゲ畑に寝転んでも、人生はそうそう変わりません。しかし物語となると。

バスを降りる。

丸い標識が一本立っているだけのバス停。その前は一面のレンゲ畑だった。

バスが走ってきた県道から山裾まで、ずっとレンゲ畑だ。これから花の盛りを迎えようとする畑は薄いベールを一枚、ふわりと被ったかのように、うっすら赤紫に染まっている。もっとも、山裾は県道からさほど離れていない。間近まで迫っていると言えるかもしれない。大きく息を吸えば、山の木々の匂いが胸底まで沁《し》みて来る。

あの山裾には小さな湧き水があった。耳を澄まさないと聞き取れないほどの小さな音をたてて、澄んで冷たい水が湧き出ていたはずだ。

今でも、あるかしら。

亜依子《あいこ》はショルダーバッグを軽く揺すりあげた。目を細め、視線を巡らせる。

変わってないなあ。

十五年ぶりの故郷は驚くほど、変わっていなかった。バス停の標識さえ十五年前のままのような気がする。

十五年前、十八歳のとき、高校卒業と同時に故郷を出た。母が亡くなったからだ。物心ついたときにはすでに父は鬼籍の人だったから、亜依子は母の手一つで育てられたことになる。母と娘、二人の生活は贅沢とは無縁のつつましいものだったが、亜依子はそれを不満に思ったことは一度も無かった。もともと、淡白で欲に薄く、何かに強く拘泥《こうでい》する性質ではなかったのだ。

「亜依子って、ほんとうに欲がないよなあ。それで大丈夫なのかって、時々、心配になる」

恭介《きょうすけ》が亜依子の髪をなでながら、呟《つぶや》いたことがあった。誕生日に何か欲しい物があるかと尋ねられたから、しばらく考え、冬用の暖かなスリッパが欲しいと答えたときだった。

　ベッドの中で亜依子の長い髪に這わせていた指をそのまま耳朶《じだ》に滑らせ、耳朶をそっと弄《もてあそ》びながら恭介はため息をついたのだ。

「心配って？」

「亜依子みたいに欲がないと、何ていうか……ふっと消えてしまうって気がするんだ」

「消える？　あたしが？」

「そんなことないか」

「ないわよ。当たり前でしょ」

「じゃあ、ずっとおれの傍にいてくれるな」

　恭介が微かに笑い、亜依子を強く抱きしめた。

　一ヶ月ほどしか経っていないのに、百年も昔のように思える。あのとき恭介はすでに亜依子との別れを考えていたはずだ。恭介は亜依子より七つ年上で妻と二人の子どものいる家庭をもっていた。亜依子が短大卒業後からずっと勤めていた会社の上司だった。

　俗に言う不倫。知り合って十年、破局は一月前。一月前、恭介は家族を連れてアメリカに渡ったのだ。海外勤務は将来、重役候補とも目される証だったから、勇んで海を渡ったに違いない。

そして、亜依子のことなど忘れてしまった。別れの言葉一つ、手紙一通ないまま、恭介の方が消えてしまったのだ。

笑ってしまう。

恭介には亜依子の他にも数人の女性がいたと、噂を聞いた。ほんの一週間前だ。真偽はわからない。

やはり、笑ってしまう。

亜依子はゆっくりと歩き出した。県道からすぐ田んぼの畦《あぜ》道に入る。ジーンズにスニーカーという軽装だから、歩くのに難儀はしない……と思っていたのに、土の盛り上がった畦は歩きにくく、山裾まで歩くだけで息が切れた。

いつの間にか都会人になっちゃったんだ。

この畦を走り回り、レンゲ畑で寝転んで遊んだ。幼なじみに史郎《しろう》という名の少年がいて、その少年が教えてくれた。

亜依、レンゲ畑で寝転んでみいや。空がでっかくて気持ちええで。

うーん、ほんま。ええ気持ちや。

空、でっかいやろ。

うん、でっかい。

とうに忘れていた幼い日の会話を思い出したのは、何気なく開いた週刊誌に一面のレンゲ畑の写真を見たからだろうか、亜依子を漁色家《ぎょしょくか》に引っかかった哀れだけれど愚かな女として、憐れみ蔑《さげす》む視線に疲れ果てていたからだろうか。

史郎との会話は、遠い昔のものであるはずなのに、驚くほど鮮明に響いてくる。「亜依」と自分を呼んだ口調が生々しい。次の日、亜依子は故郷行きの切符を買った。休暇届をだしたとき、直属の上司に退職をほのめかされた。今なら退職金が割り増しになるから得だと、上司は戸別訪問のセールスマンのような物言いをした。考えておきますと答えた。自分の居場所が次々と無くなるようで、無くなってしまっても構わないようで、どうにも心細いようで、自分の心さえ判然としないまま亜依子は旅立った。

十五年ぶりの故郷はレンゲの花に埋まっている。

湧き水は涸《か》れていなかった。

口に含むとほんのりと甘い。

亜依子はスニーカーを脱ぎ裸足になると、レンゲ畑の真ん中に転がった。空が近い。胸が高鳴る。

手を伸ばす。脚を伸ばす。大きく息を吸い込む。土と花と草の匂いがした。空が近い。とても近い。光が身体を包み込む。ああ、空がこんなにも近い。

このまま、ここで死んでもいいな。

ふっと思った。スニーカーといっしょに放り出したバッグの中に、小さなガラス瓶が入っている。あの中身をあの湧き水といっしょに飲み干せば……飲み干せばどうなるだろう。

苦しまずに逝けるかしら。

母は苦しんだ。持病を悪化させての死だったから、苦痛は深い。

かわいそうな、母さん。いいことなんか何にもなかったよね。苦労して、苦しんで、いいことなんか一つもなかったでしょ。

母の人生を思うと辛くなる。生きていく意味がわからなくなる。

くすっ。

微かな笑いが聞こえた。そんな気がした。

いやだね、亜依子ったら忘れてしもうたの。

母の声だ。起き上がろうとしたけれど、身体が重く動かない。

お母さん。

わたしはね、いっぱい笑うたよ。あんたといっしょに、いっぱい笑うたがね。忘れてしもうたの？

お母さん。

母の笑顔が浮かぶ。頬にレンゲの花びらをくっつけていた。

まぁ、ほんま。気持ちええねえ。

そうやろ。レンゲ畑に寝転ぶの気持ちええやろ。お母さん、靴も脱いで。靴下も脱いで。

まあまあ、ほんと、気持ちええこと。うわぁ、空が近いねえ。亜依子、亜依子、ええこと教えてくれてありがとうね。ああ、幸せ。

うん。

母の笑い声。母の笑顔。土と花と草の匂い。

ああ、幸せ。

母の言葉。

母さん笑っていた。ほんとうに楽しげに笑っていた。このレンゲ畑に寝転んで、笑っていた。

涙が目尻から零《こぼ》れた。頬を伝う。

そのとき、ふっと異様な感覚がした。脚のあたりにぬるりと……。

黒っぽい大きな蛇が足の上を這っている。

ぬるり、ぬるり。

「きゃあああっ」

悲鳴をあげた。蛇はまだ脚の上にいる。

「動かんで」

くっきりとした若い男の声がした。麦藁帽子をかぶった、背の高い男が軍手をはめた手を差し出す。ひょいと蛇をつまみ上げ、遠くに放る。

「だいじょうぶ。あれはクチャメと違う。毒無しの山オヤジやで」

山オヤジ……ああ、おとなしい草蛇だ。よくレンゲ畑で昼寝をしていた。

「あっ、ありがとうございます。あの……」

「よう忘れんと寝転びに来たな、亜依」

男が帽子を持ち上げにっと笑みをもらした。

「もうすぐ、レンゲも鋤《す》きこんでしまうで。その前に、よう帰って来たな」

「あ……しーくん？」

「そうや。久しぶりやな、亜依。元気にしとったか」

「あ、うん。しーくんは……」

「おれ？　おれはここで田んぼ耕してる。親父の後継いで、ノウギョウやってます。はは、高校卒業してから、ずっとや。もう十五年になるでな」

そうだ。十五年だ。十五年ぶりの幼なじみの男だった。

史郎がふっと目を伏せる。日に焼けた肌に睫毛《まつげ》の影が落ちた。

「おれな……レンゲが咲く度《たび》に、亜依が帰ってくるような気がしてたんや。いつか、ここに帰ってくるってな。けど。まさか」

「まさか、なに？」

「山オヤジと昼寝をしとるとは思わんかった」

史郎の眸《ひとみ》がいたずらっぽく輝く。幼いころ、この畦道を走り回っていたときと同じだ。ここにも変わっていないものがあった。

空を見上げる。

寝転んだときあれほど近かった空は、遥か遠くにある。

「よう帰って来たな」

史郎が独り言のように呟いた。

風が心地いい。

亜依子は胸いっぱいにレンゲ畑の匂いを吸い込んだ。

森くん

さきほど、地を叩くような激しい雷雨があった。梅雨の末期、本格的な夏の始まりをつげる雨だ。

その雷雨の後、雲が割れて青空がのぞいた（すぐに、元の曇り空にもどってしまいましたが）。おもしろいのは、その空の青や地に注いだ光が、季節を一つとびこえて秋の兆しを含んでいたことだ。

空は深い青で、少し紫がかって見えた。

光は赤みを帯び、そのくせ透明度が高い。

ぎらぎら輝くのではなく、草でも葉でも地でも花でも、それ本来の色をより艶《あで》やかにする光だ。コーティング効果は抜群、という感じ。大気さえ涼やかになり、金木犀《きんもくせい》の芳香を嗅いだと、わたしは錯覚してしまった（自慢ではありませんが、わたしは若い頃『犬鼻のアッコ』と呼ばれていたほど嗅覚の鋭い人間です。どれほど鋭いかと言うと、ポークカレーとビーフカレーの匂いを嗅ぎ分けられました。親子丼と玉子丼の違いも六割の確率で当てることができました。偉才だと、もてはやされたものです。でも、天才少女も二十歳すぎればただの人。今では、串カツとカラ揚げの違いもわかりません。少し情けないです)。

それは、ほんの束の間の迷い季で、空が雲に覆われると、とたん、立っているだけで汗がにじむほどの蒸し暑さが襲ってくる。

不快な季節だ。

でも、この時季がなかなかに愉快でもある。

生き物たちが、活発に動き始めるからだ。

わたしの家の庭は、野趣《やしゅ》に富んだ場所である。人工的な築山や泉水を排し、手の込んだガーデニングとも縁がない。あるがままを受け入れ、自然の理に身を浸している(嘘です。真っ赤な嘘です。すいません。単に庭掃除や庭木の手入れが面倒くさいので、ほっぽらかしているだけです。雑草は生え放題、木の枝は伸びっぱなし状態です。しかも、築山や泉水を作るほどの広さもありません。洗濯干し場だけでいっぱいいっぱいです)。

そういう環境のせいか、いろんな生き物がやってくる。過去の訪問者……者ではなく、訪問動物のナンバー1、キング・オブ・アサノノニワニキタイキモノ(英訳できません)は……(ここでシンバルの効果音)。

ふふふ、謎の解明、真犯人を名指しするのは最終章でと、決まっている。やたら、ひっぱるひっぱる安手のドラマなら、ここでコマーシャルとなるわけだ。さて、ナンバー1の正体とは（小太鼓の音）。

あれは、数年前の初夏の昼下がりのこと。ダンナが「おーい、おーい」とわたしを呼ぶ。午後十二時から五時までは、わたしの一次仕事時間帯（因《ちな》みに二次は午後八時からです）にあたる。普段はつつましやかで優しく、穏やかなわたしが（そうです。これも嘘です）意味もなく、理由もなくぴりぴりする時間でもあるので、家人はあまり近寄らない。むろん、声もかけないし、様子をうかがうこともしない。

なのに「おーい、おーい」である。

その日、わたしは何時《いつ》にも増して機嫌が悪かった。締め切りが数日後に迫っているにもかかわらず、しかも、その締め切りは親の介護だの、子どもが急病だの体調を崩しただの、嘘八百と言い訳を閉店間際の鮮魚コーナーよろしく、叩き売り的に並べに並べて引き伸ばしてもらった期日であるにもかかわらず、原稿は如何《いっか》な進まず、わたしは原稿を書くより、『今夜、ぐっすり眠っている間に夢の小人さんたちがせっせと働いてくれて、一気に何十枚かの原稿を仕上げてくれる。次の夜も何十枚。次の夜も……。それであっという間に完成。しかも、それが希代の名作で、担当編集者は涙を流して狂喜し、刊行されたら瞬く間にベストセラーになり、印税ががっぽがっぽ入ってきて、老朽化した家のあちこちを余裕でリフォームできる。めでたし、めでたし』という妄想を膨らませる方に熱心になっていた。夢中になっていた。完全な現実逃避である。

ベストセラーなんて贅沢は望みません。印税がっぽがっぽも諦めます。だから、夢の小人さん、出てきてくれないかなぁ。

いつまでも現実逃避しているわけにもいかず、わたしは暗澹《あんたん》たる気持ちで、ため息三連発の最中《さなか》だった。

なのに「おーい、おーい」である。

だいたい、女房を呼ぶのに「おーい、おーい」とは何事か。名前を呼べ、名前を。これだから、日本の亭主族は困るのだ。

ぶつぶつ、ぶつぶつ。もう一つ、ぶつぶつのぶつぶつ。

「おーい、早く来てみぃったら」

いつも、のほほんとしているダンナには珍しく、急《せ》いた口調だ。わたしは少し、心を動かされた。なんだかオモシロゲな匂いがする。そういう匂いには敏感なのだ。幼いころの偉才がまだ微かでも残っているのかもしれない。

「なに？」

心を動かされながらも、『わたしは仕事に集中していたのに、あなたが呼ぶから来てあげたのよ。正直、ちょっと迷惑』という雰囲気を醸《かも》し出すべく、わざと不機嫌な声を出した。眉もむろん八の字である。本音としては、仕事机の前から離れられるのが嬉しかった。

ダンナは野趣溢れる庭に立ち、山茶花《さざんか》の木を指さしていた。野放図に伸びた山茶花は樹高約二メートル、その中ほどの枝に、蛙が一匹、くっついていた。

「なに、これ？」

『わたしは仕事に集中……』云々の演技も忘れ、我ながら頓狂な声をあげてしまった。目を剝き、顔を近づけ、まじまじと見入ってしまう。

「これ、蛙だよね」

「うん、蛙」

「ちょっと、変じゃないん？」

「変やろ」

「なんで、こんなに変なん？」

「さあ」

ダンナが首をひねる。わたしも首を傾げる。

変だ、これは、絶対に変だ。

蛙はとても美しい緑色をしていた。初夏よりもう少し早い季節、若葉のころの山の色だ。うっすらと青と黄色の混ざった緑、まだ緑一色になる前の緑。柔らかくて瑞々しい。ぱっと見、雨蛙の色だ。でも、全然、大きさが違う。トノサマガエルぐらいの大きさがあるし、妙に太っている。敢えて言うなら、ものすごく肥満した雨蛙だ。

「太った雨蛙？」

わたしは頭に浮かんだ言葉をそのまま口にした。ダンナはまだ、首をひねっている。その首をもどしながら、

「ちがうじゃろ。雨蛙はここまで太らへんで」

と、生真面目に答えてくれた。因みに、学生時代の六年間を大阪で過ごしたダンナは岡山弁と関西弁の微妙に混ざった言語を使う。さらに因みに、一人っ子のせいか、六年も関西圏で過ごしたにもかかわらず、ボケもツッコミもいたって不得手である。女房としてはもう少し、鍛練《たんれん》、研鑽《けんさん》を積んでほしいと常日頃、考えている。

「じゃあなに、これ？」

わたしは生まれて初めて目にする奇妙な蛙を指さした。とたん、閃《ひらめ》くものがあった。

まさに閃光、闇に走る雷《いかずち》だ。

「もしかして、新種の蛙！」

この世界にはまだ未知の生物がいる。未知だから、どのくらいいるのか見当がつかないけれど、存在するのは確かなことだ。どこどこの○○がどこどこで新種の△△を発見したとのニュースをたまに目にするではないか。いや、生物だけではない。新星を発見して、その星に自分や自分の恋人や自分の娘の名前をつけた天文学者が数多《あまた》いる（数多もいないかもしれないけど。星に自分の名前がつくなんていいなあと、わたしはちょっぴりだけれど憧れているのです。ロマンチックですよね。でも……アッコ星というのは、あまりロマンチックではないような気もします）。

そうだ。地球にも宇宙にも未知は満載だ。むしろ、既知の事柄の方が少ないのかもしれない。わたしたち人間には、世界の全てを知る能力はない。知ることができると思い込む傲慢さがあるだけだ。

だったら、この初夏の昼下がり、わたしの前に突然の未知が現出したとしても、何ら不思議はない（いや、不思議ではありますが）。

わたしの鼻息は荒くなる。

ダンナの腕をつかみ、さらに鼻息を荒くする。

「なっ、なっ、そうじゃないん。きっと、そうで。こんな蛙、見たの初めてじゃもん。

ナンチャラアオガエルとか言うんじゃないん」

ダンナはわたしをちらりと見やり、静かにため息をついた。

「新種だったら、ナンチャラも何も名前はないやろが」

「う……」

ボケもツッコミも苦手なわりに鋭い指摘をしてくれるやないか。

「じゃあ、これ、何よ。ナンチャラアオガエルじゃなかったら、何よ」

わたしはむくれ、唇を尖らせる。それから、ふと思って、というか何気なく、美しい蛙の背中に指先でそっと触れてみた。

蛙はとたん膨れ上がり、膨れ上がり、膨れ上がり、アドバルーンほどに膨れ上がり、突然に弾けた。光が飛び散る。その光の中に、白馬にまたがった王子が……現れるわけもなく（現れてもらっても困りますけどね。うちでは王子さまなんてとても養えませんから）、蛙は蛙のままだ。ぴくりとも動かない。なかなか、豪胆なやつだ。

それにしても、とてもきれいだ。蛙ってこんなにきれいな生き物だったっけ。う－ん、やはり新種に違いない。わたしも物書きの端くれ。もし、新種だったら、とびっきり素敵な名前をつけてあげよう。独創的で、上品で、芳《かんば》しくて、あんまり装飾過多じゃなくて、一度聞いたら忘れられないような名前。間違っても、デブ蛙なんて直截《ちょくさい》な命名はしないからね。

「うおっ、すごい」

背後でダンナの控え目な叫び声が起こる。振り向くと、いつの間にか動物図鑑などを手にしているではないか。かなりの、早業だ。

「わかったぞ、こいつ、モリアオガエルや」

「モリアオガエル？」

聞いたこと、あるぞ。木の枝とか草の葉の先に泡泡した卵を産み付ける珍しい蛙じゃなかったっけ？

「うん。モリアオガエルの雄やで、きっと。ほら」

差し出された図鑑の中の写真には、なるほど、緑色のきれいな蛙が写っている。その横には赤褐色の斑紋を背に散らした蛙の写真が載っていた。どちらも種としては同じものらしい。

「モリアオガエルか……すごいなあ。何で、そんなのがうちの庭におるんやろ。池も水溜りもないのに」

ダンナはなんだか嬉しそうだ。わたしは、少し落胆。一瞬にして、蛙の命名権を失ったからだ。でも、まあ確かにダンナの言うとおりだと、気を取り直す。

庭にモリアオガエルがいるなんて、ちょっとすごいかも。胸がどきどきしてきた。

「で、どうする？」

「どうするって？」

「モリアオガエル、どうするんって聞いたの。水槽、持ってこようか？」

いいやとダンナがかぶりを振った。

「このままにしとこか」

「このまま？　せっかくのモリアオガエルなのに？　このまま？」

「捕まえたかて、飼えんでしょ。飼育方法も知らんのに」

「まぁそりゃあ、そうだけど……」

「庭におるだけで、ええやん」

「まぁそりゃあ、そうだけど……」

わたしだって、モリアオガエルが保護動物に指定されていることぐらいは知っている。人間が意識的に守っていかないと絶滅の危険がある生き物なのだ。好奇心や一時の気紛れで、捕獲していいわけがない。なぜ、こいつが我が家の庭にやってきたのかは謎だけれど、やってきたものなら、いつか、どこかに去っていくだろう。自然のままに。こいつの運命はこいつが決める。それが一番か。

ダンナとわたし、アサノ夫妻は並んで、しばし、モリアオガエルを見つめていた。なんとなくいい雰囲気だ。

「なぁ」

とダンナがわたしの肩に手をおいた。

「はい」

とわたしは珍しく素直に返事をし、微笑んでみた。うん、いい雰囲気だぞ。連れ添って十年、今さらだけどいい雰囲気だぞ。

「なぁに」(ちょっと甘い鼻声)

「今日の昼飯って、チャーハンだっけ」

「はぁ?」

「残りご飯でレタスチャーハン作るって言うてたやろ」

「ああ……レタスチャーハンね。ああ、そうね」

「まだやったら、おれが作るわ。チャーハン、おれの方が上手いけんな」

あー、そうね。あなたはチャーハンがお上手ね。どうぞ、作っちゃってちょうだい。期待しているわ。できたら、半分ちょうだいね。ちゃんと卵も入れてよね。後片付けも忘れずに。

モリアオガエルは翌日も同じ場所にいた。ほとんど動かなかった。こいつ、何のためにここにいるのだろうと、わたしは動かない蛙が気になる。モリアオガエルの雌がいるわけでも、産卵場所に適しているわけでもない、草ぼうぼうの我が家の庭に何でふらりと訪れたりしたのだろう。考えれば、謎だ。ささやかな謎。でも永久に解けない。

翌々日、あいつの姿は消えていた。

夏が来て、蛙の声が喧《やかま》しくなると、太っちょ蛙のモリくん（安易な命名で、ごめんなさい）のことを思い出す。今年も来ないかなと、少しだけ心が騒ぐ。

モリくん、来ないかな。

モリくんは来ない。

遠くの故郷に帰ったのだろうか。道に迷ったあげく横死したのだろうか。

今でもどこかを彷徨《さまよ》っているのだろうか。

考えてしまう。

蛙が何より苦手な娘（蛇でも芋虫でも蛾でもまったく平気なのに、小さなアオガエルに悲鳴をあげます）は、「モリアオガエルがいるような実家ってどうよ？　田舎度が高すぎるが」と顔を歪める。

ダンナのレタスチャーハンは抜群に美味しかった。これに味をしめたわたしは、おだてたり脅したりして、週に一、二度はレタスチャーハンを作ってもらおうと一人勝手に決めた。

原稿の締め切りは結局間に合わなかった。数日後に何とか脱稿したけれど、担当編集者が狂喜するほどの希代の傑作にもベストセラーにもならなかった。

庭は荒れ放題のままで、夏草が旺盛に茂り始めている。

モリくんは去ったまま、二度と現れはしなかった。

現実とはこういうものです。が、しかし、物語となると。

翔《しょう》は、森くんが気になってしかたがない。

どうしてだと問われても答えようがないけれど、気になる。森くんは転校生で、ここ大河原《おおがわら》市立大河原第一中学校一年二組に一月前にやってきた。

一ヶ月前、ちょうど梅雨に入ったばかりのころだ。

「森星路《せいじ》です。よろしくお願いします」

森くんは、大きくも小さくもない声でとても簡単な自己紹介をした。両親がアフリカのナントカという国で油田開発に関わる仕事をしていたので、森くんはそのナントカという国で生まれ育ったらしい。ナントカは翔が聞いたこともない名前の国だった。森くんと少し親しくなったころ「ナントカってどんな国?」と尋ねたことがある。「アフリカだから、フツーに象やライオンがいるの?」とも尋ねた。森くんは静かにかぶりを振り、

「象もライオンもいないけど、岩塩がたくさん、とれるところだよ」

と、答えた。

岩塩?

「見たことない?」

「うん、ない」

森くんはそうかと呟《つぶや》いたきり黙り込んだ。岩塩についての説明も、ナントカ国についての岩塩以外の説明もしてくれなかった。

森くんはそういう少年だった。

寡黙で、控え目で、全然目立たない。中肉中背で、アフリカ生まれにしては色が白く、ぼそぼそとしゃべる。特別にかわいいわけでも、かっこいいわけでもない。勉強も運動

もそこそこにできるけれど、抜群に優れているとはいえない。

地味な、どこにでもいるような、その他大勢に簡単に紛れてしまうような、そういう少年。

最初、アフリカからの転校生を珍しがって、なんだかんだと森くんに絡んでいたクラスの仲間たちは、森くんの凡庸《ぼんよう》さにすぐに飽きてしまったらしい。梅雨明け宣言が出るころには、森くんのことを気にする者はほとんどいなくなっていた。

翔は違った。森くんのことが気になってしかたない。理由はわからない。ともかく、気になるのだ。

似ているからかな。

そう考えたこともある。翔もごく平凡な、これといって特徴のない少年だったのだ。一年二組から翔が消えたとしても、しばらくは誰も気がつかないだろう。それくらい、翔の存在感は薄かった。翔自身もあまり他人に関心をもたない。話しかけられれば適当に返事をするし、周りに合わせて行動もする。でも、特定の者と仲良くなりたいとか、注目されたいとか、僅《わず》かも望まない。そういう性質だった。森くんとよく似ている。だから、こんなに森くんが気になるのだろうか?

自分で自分に戸惑ってしまう。

授業中も教室の移動中も昼の弁当の時間さえ、ちらりちらりと盗み見しているのだ。ちらり、ちらり。

森くんは、いつも教科書とノートを机の上にきちんと並べ、黒板に向かってまっすぐに座っている。他の者のように隣とこそこそおしゃべりしたり、消しゴムの滓《かす》を丸めたり、居眠りしたり、ぼんやり外を眺めていたり、そんなことはしない。

真面目なのだろう。真面目なんだ。

真面目で、おとなしい転校生。地味な、どこにでもいるような……。

違う、違うと、翔は一人で首を振る。

森くんは、違うぞ。ぼくたちとは、どこかが違っているんだ。ものすごく違っているんだ。

怖いくらい、怪しいくらい、不思議なくらい違っている。

翔は唇を軽く噛み締める。

どこが違っているんだろうか。

目を凝らしてみる。考えてみる。森くんをそっと観察してみる。

何もわからなかった。

間もなく夏休みに入ろうかという日曜日。翔は、図書館からの帰り道で森くんを見つけた。日曜日の午後はたいてい、図書館で過ごすことにしている。夏は涼しく、冬は暖かい。静かだし、一人でいても誰もじゃまをしない。最高の場所だ。むろん、好きなだけ本を読めるのが一番の魅力だ。翔は読書が趣味だった。ほぼ毎日、本を読んでいる。しかし、現役の男子中学生が本好きを公言するのは、恥ずかしい。ゲームより本の方が何倍も好きだなんて、本音を口にしたら、「おまえ、変わってるなあ」と嘲笑されるのがオチだ。笑われるのは嫌だ。そんな理由で、自分の趣味については、いつも曖昧にごまかしている。ごまかしている自分が少し窮屈ではあるが、しかたない。だからこそ、日曜日の午後、市立図書館で思う存分、本を読む時間はまさに至福の一時となるのだ。

その日も、図書館で借りた数冊の本をスポーツバッグに入れて（途中でクラスメートに出会ったとき、図書館帰りだとばれないためだ）家までの道をぶらぶらと歩いていた。思いの外、図書館で時間を費やしたらしく、街は夕暮れに包まれようとしている。夕立が通り過ぎた直後で、涼やかな風が吹きつけてきた。昨日までの蒸し暑さが嘘のように拭い去られている。腕に伝わる本の重さが心地よい。口笛を吹きたくなる。

あれ？

足が止まる。数メートル前を森くんが歩いていたのだ。白いTシャツにジーンズをはいている。森くんらしく、シャツの裾はきちんとジーンズの中におさめられていた。

そこは商店街で、人通りも多く、並んだ店々からは賑やかな音楽や芳香や眩《まばゆ》い光が溢れ出ている。しかし、森くんは束の間も立ち止まらなかった。周りを見回すことも、音や香りや光に興味を持つ様子もなく、ただ、まっすぐに歩いている。

どこに行くんだろう？

翔はスポーツバッグの持ち手を強く握りこんだ。

ふと気がつけば家とは反対の方向に歩いている。目の前には、森くんの背中があった。森くんは歩く。遅くも速くもない足取りで、歩いて行く。一度も振り返らなかった。翔も同じ速度でついていく。間合いを詰めないように、離されないように……。

学校？

商店街を抜け、川を渡り、コンビニの前を過ぎ、森くんは中学校へと続くだらだら坂を上り始めた。日曜日の学校に用事があるのだろうか？

このあたりはもともと小高い山があった場所で、住宅地の造成のために切り拓いたと聞いている。道の両側には、カラフルな屋根の住宅が並んでいた。人影はなく、雨粒を花びらの間に残したバラが、あちこちの庭で咲いている。

猫の子一匹、過《よ》ぎらない。

ここで振り向かれたら……。翔は肩を竦《すく》めた。

ここで森くんが振り向いたら、どこにも隠れようがない。つけてきたと、ばればれだ。森くんは学校に忘れ物でも取りに行くのかもしれないし、ただ、ぶらぶら歩いているだけかもしれない。どちらにしても、こそこそ後をつけるなんて、言い訳できないじゃないか。恥ずかしいじゃないか。

振り返って、訝《いぶか》しげに翔を見つめる森くんを想像しただけで、頬が赤くなる。もう止めた方がいい。森くんが気がついていないうちに、回れ右をしてさっさと帰った方がいい。

わかっているのに、足が前に出る。森くんの背中から特殊な磁力が出ているかのように、翔の足先に特殊な金属が埋め込まれているかのように、引っ張られていく。

森くんは、振り向かない。自分の後ろには何も存在していないと思ってでもいるかのようだ。

坂を上りきり、中学の校門の前に立つ。スライド式の門がぴたりと閉まっていた。森くんはそのまま、校門の横の細道に足を踏み入れた。また坂道だ。校舎の裏は、昔の山の名残を僅かにとどめていた。雑木林になっているのだ。

道はそこに通じていた。

森くんは、雑木林の中に入っていく。翔も入っていく。
蝉の声が姦《かしま》しい。油蝉やミンミン蝉のいかにも暑苦しい啼声に交じって、ヒグラシの澄んだ声が響いていた。濃緑の葉が茂った枝にカラスが一羽、止まっていた。緑の扉に穿たれた鍵穴みたいだ。
カナカナカナ、ジージージー、カナカナカナ、ジージージー。
ジージージジジィ　カナカナカナカナカナカナカカカカカカカカカ
ジジジィジィジィ
ミーンミーンミーンミィィィン
カナカナカナカナ　ジージージィィ
降り注ぐ蝉時雨の下に、森くんは立ち止まった。初めて、ゆっくりと身体の向きを変える。翔はあわてて、雑木の陰に身を寄せた。
「隠れなくてもいいよ」
森くんが言う。唇はほとんど動いてないのに、蝉の声を突き破ってまっすぐに耳に届いてきた。
「出ておいでよ、翔」

翔は口の中の唾《つば》を飲み込んだ。驚いた。森くんが尾行に気がついていたことより、自分を親しげに「翔」と呼んだことに驚いた。口調は優しくて温かく、親友を呼ぶような響きがあったのだ。

翔は顔を赤らめながら、森くんの前に立った。

「ごめん」

翔が頭を下げると、森くんは首を傾げ、瞬きをした。

「何で謝るんだ？」

「だって、ずっと森くんの後をつけていたから……その、別に森くんを見張ろうとか、そんなつもりじゃなかったんだけど、つい……」

「つい、後ろから追いかけちゃった、だろう」

「うん。わかるの？」

「わかるさ。だって、ぼくが呼んだんだもの」

「呼んだ？　ぼくを？」

「そうさ。ついてこいって信号を出していたんだ。翔はそれをちゃんとキャッチしてついてきたってわけさ」

「そんなこと……ぼくは、森くんの信号なんてキャッチできないよ。できるわけないじゃないか」

「できるよ、簡単さ。仲間なんだからね」

「仲間？」

「そうさ、翔とぼくは仲間じゃないか」

「仲間って……」

森くんの目が大きく見開かれた。眸《ひとみ》の中に金色の輪が浮かびあがる。表情が消えた顔が、妙に平坦な印象になる。

「翔、いいかげんに思い出せよ」

声音も一変した。ほとんど抑揚がなくなっている。感情が抜け落ちて、乾いて冷たい。凍て風みたいだ。何もかもをかちかちに凍らせる。翔は身震いした。

いつの間にか、蟬の声が止んでいた。抑揚のない森くんの声だけが、聞こえてくる。

「思い出すって……何を？」

「自分の任務だ」

「ニンム？」

「何のために、我々がこの惑星にやってきたか、だ」

「森くん……何を言ってるんだよ。ぼくには、さっぱり……」

頭の隅で何かが蠢《うごめ》く。何かが……。

「ぼくは、ぼくは……あ、頭が痛い」

「思い出すんだ。我々の任務を」

任務、任務、任務、任務、任務、任務、任務……。

思い出せない。任務って何だ？

「チッ、しかたのないやつだ」

森くんが舌打ちをする。

「我々の任務は、辺境星の環境調査じゃないか」

翔は顔を上げ、森くんの目の中の輪を凝視した。

「この辺境星が、我々の生存に適するかどうか、それを調査するために我々はやってきたんだ。調査の結果が良好なら、ここを植民星とするプロジェクトが推進される可能性が高くなる。レベルⅡに匹敵する重大任務だぞ。まったく、まさか調査員が記憶をなくし、自分をこの星の住人と思い込んでしまうなんて、とんだアクシデントだ。おまえはまるで、任務を果たさず……」

「ちょっ、ちょっと待てよ」

翔は文字通り飛び上がり、一歩、後ろに下がった。

「も、森くん。それじゃあ、きみは宇宙人だというわけかよ」

「おまえも、だ。こんな辺境星の住人ではないぞ」

「だ、だって、ぼくにはお父さんもお母さんも妹もいて……」

「この惑星の調査をするために、雌の腹を借りただけじゃないか。この星の住人として生まれたふりをして、この星の住人のふりをして調査活動を行う。それなのに、おまえは記憶障害を起こしさっぱり任務を遂行しない。自分をこの惑星の住人だと信じきっている。まったく、困ったもんだ。様子を見に来て、がっかりしたぞ」

森くんはもう、翔の知っている森くんではなかった。

表情が無くなり、感情が読み取れず、年齢も性別も曖昧になる。

「いいな。しっかり自分の任務を思い出し、遂行するんだ。さもないと……」

森くんの双眸《そうぼう》が金色に輝く。

「さもないと？」

「調査員として不適切だとみなし、抹殺してしまうぞ」

翔は生唾を飲みくだした。

抹殺だって？

「それを告げるために、おまえをここに呼び出したのだ。いいな、おれはこれから本来の姿に戻り、しばらく休養する。こんな辺境星の住人の姿をしているのは不愉快でたまらん。気分が悪い。おまえがちゃんと働きさえすれば、上官であるおれがこんな苦労をしなくてすんだんだ。劣等な部下を持つと余計な仕事が増える」

そう言うと、森くんは着ていたTシャツもジーンズも脱ぎすてた。そして……。

「もっ、森くん」

翔は口をあんぐりと開けたまま、立ち尽くしていた。

「これが、我々の真の姿だ。何を驚いている。しっかりしろ」

「だっだって……カッ、カエルじゃないか」

翔の足元に、大きな緑色の蛙がいる。トノサマ蛙の倍ほどの大きさだ。艶々した緑の体色をしていた。眸の中に金色の輪が見える。よく見ると体のあちこちにも小さな金色の輪が輝いていた。

「カエル？ ああ、そういう生物がこの星にはいるな……ばかもの。形態が似ているというだけで、辺境星の生き物なんかと一緒にするな。おまえは調査員としては、とことん不適切な役立たずになりさがったようだな。よし決めた。帰星したら、直ちに能力判定試験を行うことにする。おまえのような、役立たずは直ちに抹殺だ。覚悟しとけよ」

「森くん……抹殺が好きなんだね」

「役に立たないやつは、消えねばならない。当たり前だろう」

「それ、ずいぶん、暴力的な発想だと思うけど」

翔は、さっきまで図書館で読んでいた『戦争の世紀』という本を思い出しながら呟いた。独裁者として、政治家として、陰の権力者として、母国や他国を戦渦に巻き込んだ男たちは、みな、異口同音に叫ぶのだという。

戦力にならない者は悪だ。

役立たずは悪だ。

戦いを拒否する者は悪だ。

我々にはむかう者は悪だ。異を唱える者も悪だ。

抹殺せよ、全てを消し去れ。

翔は、息を吐き出した。

森くんは、暴力的で、傲慢だ。残虐で、冷酷だ。

教室の隅で静かに座っていた森くん、じっと黒板を見詰め、先生の板書をノートに書き写していた森くん、「岩塩がたくさん、とれるところだよ」と言った森くん……あの森くんが懐かしい。

「ちっち、もういい」

森くん蛙が立ち上がった。水かきのついた両手に鉛筆ほどの棒を握っている。

「ここまでしても、記憶が回復しないとなるとおまえはもう、使い物にならない。よく、わかった。ここで抹殺する」

「はぁ」

棒の先から白銀色の光が翔をめがけて、飛び出してきた。

「うわっ」

翔は身体をひねり、辛うじて光をかわす。足を滑らせ、しりもちをつく。光のぶつかった雑木が一瞬で消えた。水が蒸発するみたいに、きれいに消えてしまったのだ。

まさに、抹殺。完全に消し去る。消滅。消去。

「往生際が悪いやつだ。じたばたするな」

再び、棒が、いや銃だ、人殺しのための道具だ。銃が翔に向けられる。しりもちをついた格好で翔は動けない。

両親や妹、クラスメート、図書委員の少女、近所の話し好きなおばあさん、小学校のとき大好きだった担任の先生、図書館の司書のお姉さん……今まで関わってきた人たちの顔が浮かぶ。

おい、翔、こっちに来いよ。翔、早くお風呂に入りなさい。お兄ちゃん、あのね、保育園でね。ねえ、その本、おもしろいの？　わたしね、若いころは女優になりたかったのよ。あら、笑わないでよ。翔くん、とてもすてきな作文ねえ、先生、感激しちゃった。今月、入った新刊、ちょっとおもしろいわよ。お勧めだから。

声が聞こえる。みんなを思い出す。みんなの声を思い出す。

「いやだ、死にたくない。消えたくない」

叫んでいた。

森くん蛙の大きな口が歪む。笑ったのだ。

羽ばたきの音がした。黒い影が目の前を過ぎる。

「いやだぁっ」

クエッ。うぎゃっ。

カラスの一声と短い悲鳴。

翔の目の前で、一羽のカラスが森くん蛙をつかみ、飛び去っていく。鋭い爪に捕らえられた森くん蛙と一瞬、目が合った気がした。その目から金色の輪が薄れていく。どんどん薄れて……。

クワッ、クワッ。

今夜の餌を捕獲したカラスの、誇らしげな鳴き声が空にこだまする。翔は立ち上がり、ズボンの泥を払った。

　銃が転がっている。足で踏みつけると簡単に折れた。

「この星には我々を餌とする、実に危険きわまりない生物が多数、棲息《せいそく》するもよう。よって、植民星としては極めて不適切と判断するしかない。そう調査報告を出しておくよ。間違ってないだろう、森くん」

　空に顔を向ける。

　遠くに僅かに見える黒い点。

　あれがカラスと森くんだろうか。

　翔は暮れて行く空の下に暫《しばら》くの間、佇《たたず》んでいた。

どっちだ?

昨夜は大層な霧でした。

それはもう怖いほどにねっとりと立ち込めて、街を覆っていたのです。昔からよく川霧の立つ処ではありましたが、昨夜ほどの濃霧は珍しいと思います。これまでの人生の大半をこの地で生きてきた、そんなわたしでさえ記憶をまさぐっても、まさぐっても、ちょっと覚えのないものでした。

わたしの住んでいる街は岡山県の北東部に位置し、兵庫県へ抜けるのも、鳥取、島根の県境を越えるのも車で一時間とかかりません。

え？　鳥取とか島根とか、岡山も……どこにあるかよくわからない？　あ……そうですか、そうですよね。わたしも中国、四国地方以外は、各県の所在場所なんてはなはだ心許ないですから。北海道と青森と沖縄と石川県はわかりますが。

鳥取、島根、岡山。これを機に、一度日本地図を広げて探してみてください。

ともかく、わたしの古里は県境近くにあります。四方を山で囲まれた、と言うより、山と山との間《あわい》に人間の営みの地がちょこっとへばりついている、そんな感じですね。

大山（『おおやま』と読みます。『だいせん』ではありません。因《ちな》みに『だいせん』は鳥取県にあります。標高1729メートル。中国地方第一の高峰です。伯耆《ほうき》富士の異名を持つ美しい山です。『おおやま』の方は標高……知りません。異名もありません）という山があって、わたしが子どもだったころは格好の遊び場を提供してくれました。露出した岩肌に小柄な子どもなら数人が座れるような窪《くぼ》みを見つけ「秘密基地にしようで」と藁《わら》やら枯れ草を敷き詰めてみたり、枝ぶりの良い大樹を見つけ「秘密基地、作ろうで」と藁やら枯れ草を運び上げたり、道辺りに「ここが秘密基地じゃで」と藁やら枯れ草を積み上げたり……まぁ、子どもというのは何でああも秘密基地が好きなのでしょうか。

大人になった今、大人の思考回路で思い返してみると、危ないですよねえ。岩の窪地も大樹の枝もいつ崩れるか、折れるか、その可能性がけっこうあったのです。わたしがわたしの母親で、娘のわたしが嬉々として窪地に座り込んだり、枝に渡した板の上で寝転がったりしているのを見つけたら、金切り声をあげたでしょう。そして、今後一切、こんな危険な遊びをしてはいけませんと、厳重注意の上で山遊びを禁じたと思います。

子どもを案じる大人の愛は、ありがたいものです。そして、強圧的で有無を言わさず子どもから珠玉《しゅぎょく》の時間を取り上げるものなのです。取り上げられる方にも取り上げる立場にもなったわたしとしては、複雑な心境です。

さてさて、話の脚《あし》があらぬ方向に迷走してしまいました。これは歳のせいなのか、生まれながらの性質《たち》なのか、わたしの話はいつも定まりません。糸の切れた凧《たこ》、旋風の中の花びら、そんなものに等しくあちらこちらに揺れまくります、困ったものです。今年こそはこの悪癖を正さねばと決意してから、はやン箇月、ちっとも直っていません。うーん、やっぱり困ったものです。

えっと大山の話でしたね。え？　その前は古里の、前の前は霧の話だった？　そうでしたっけ？

大山には展望台があります。

切り株を模した正直へんてこな建築物です。お世辞にも洒落《しゃれ》ているとは言えません。ただ、そこに上ると古里が一望できます。山と山の間にへばりついている街並みと大山の裾野を縫うように流れる川が見えます。街は古《いにしえ》からの温泉郷であるので、大小さまざまな旅館やホテルの建物が、初夏なら田植えを済ませたっぷりと水の張った、秋なら黄金《こがね》色に稲穂の実った、冬なら白く凍《い》てついた、春先なら土起こしを終えた黒茶色の田んぼと、川に沿って伸びる道路が見えます。

そうそう、川なんです。

旭、高梁《たかはし》、吉井。岡山には三本の一級河川がありますが、街を縫って流れるこの川は吉井川の支流の支流となります。とはいえ、かなりの幅も水量もある川で、わたしが子どもだったころはかっこうの遊び場となって……いや、まあ、その話はいずれまた、別の機会に語ることといたしましょう（おお、自制の力が働きました。我ながら、りっぱりっぱ）。

この川から霧は生まれます。

昨夜も川はせっせと霧を生んでおりました（ここでやっと、文頭に繋《つな》がったわけです。我ながら、りっぱりっぱ）。

わたしはわたしの家から五、六十キロ離れた県庁所在地岡山市に所用で出かけていました。その帰り道にこの濃霧に遭遇したのです。時間は午後十時を過ぎていました。十一時に近かったかもしれません。人口三万足らずの小さな街はすでに眠りにつこうとしていました。人はもちろん、すれ違う車もほとんどない闇と霧の道です。

送迎の付く仕事だったからよかったものの、わたしのへなちょこ運転では、無事、家まで帰りつけたかどうか怪しいものです。ベテランの運転手さんでさえ、スピードダウンの慎重運転をしていらっしゃいましたから。

川から立ち上った霧はそのまま山の斜面をゆっくりと昇っていました。得体の知れぬ巨大な軟体生物が山を餌として食い尽くそうとしている。そんな風に見えました。あるいは、無数の白い羽虫が何かを求めて山を越えようとしている。そうとも思えました。

街路灯の明かりも、家々の窓の灯も、ぼやけ、朧《おぼろ》になり、白い底に沈みこんで、明かりというより橙《だいだい》色の球がぼわりぼわりと浮いているみたいに感じます。

ほんとうに、その時、明かりの一つが橙色の球となってぼわりぼわりと空に浮き、そのまま霧の彼方《かなた》へ飛び去って行っても、それほど驚かなかったでしょう（嘘です。実際にそんな事態になったら、「ぎょえー」とか「うわわわわぁ」とか奇声を発して驚きまくったはずです）。

「すごい霧ですね」

わたしは、運転手さんに話しかけました。何か話しかけなければ、人間の言葉でごく普通の会話を交わしていなければ、なんというか……この異様な霧の世界に閉じ込められてしまうような、不安を覚えたのです。一度、不安を覚えると、どんどん高じ、落ち着きがなくなり、動悸《どうき》までしてきました。

家まで後十分ほど。

そうわかっているのに、二度と帰りつけないのではと思えてなりません。気のせいか、目の迷いか、車窓の外はさらに白く塗り込められていくような……。

自慢じゃありませんが、わたしはそれはそれは想像力の豊かな人間です（知人、家人曰く、「あんたの場合、想像力とか上等なものじゃのうてな、単なる妄想力じゃからな。そこんとこ考え違いしたらあかんで」とか。ほっといてくれ）。だから、こういうとき、あらぬことをあれやらこれやら想像してしまうのです。

「すごい霧ですね」

わたしは同じ言葉を口にしました。さっきより、やや声を大きくして。

「ええ、まあ……」

ぼそりと答えが返ってきました。それっきりです。運転手さんは黙り込み、ライトの光に浮かび上がる霧の風景を見つめています。

背筋がぞくりと寒くなりました。顔から血の気が引いていくのがわかります。頬《ほお》から顎《あご》にかけての辺りがすーっと冷えていくのです。

動悸がさらに激しくなりました。身体が知らぬ間に震えていました。だって、運転手さん、とっても話し上手な人だったんですよ。うんざりするほど饒舌《じょうぜつ》ではないけれど、決して寡黙《かもく》ではない。話題と知識が豊富で、しかも聞き上手でした。ここまで一時間ちょっとの道程、わたしは運転手さんの話に耳を傾け、わたしの話を聞いてもらいました。退屈なんてするヒマはありませんでした。

今の政治状況から、車の点検方法、野球とサッカーと陸上のトレーニング方法の違い、分葱《わけぎ》の美味しい料理方法、京都の見所、地震の予知について……と話題は多岐にわたり、わたしたちはしゃべりながら笑ったり、うなずいたり、時に憤慨したりしながら時を過ごしました。

「運転手さん、おしゃべりがお上手ですね」

「そうですねえ。客商売ですからね。むっつりしとくのもどうかと思いますし。ま、わたしは生来のしゃべり好きなんですがね」

「客商売に向いてるんだ」

「それそれ。これで欲があればもうちょっと出世してますがね」

あはあはあは。くすくすくす。

と、こんな調子でした。それなのに「ええ、まあ……」ですよ。ぼそり、ですよ。わたしでなくても、おかしいなと思うでしょ。まして、わたしは想像力の豊かな人間です（妄想ではなくて想像です、あくまでも）。運転手さんの突然の豹変《ひょうへん》ぶりに、背筋が寒くなります。血の気が引きます。動悸がします。身体が震えます。

やはりこの霧は尋常なものではなかったのだ。運転手さんはさっきまでの運転手さんではなく、別の人に、いやまったく別の何かに変わってしまったのだ。

ねとりねとり、窓の外は白い霧。

闇と溶け合い、さらに闇を黒くする白い霧。

わたしは無言のままの運転手さんの後頭部を見つめます。

どこに行くのだろう。どこに連れて行かれるのだろう。いや、どこにも行かないのかもしれない。この車は止まることなく永遠に霧の中を彷徨《ほうこう》し続ける……のだとしたら。

わたしは後部座席に座ったまま白骨となった自分が見えるような気がしました。ここで息絶え、腐り、骨となるのです。

霧の夜なんかに出歩くものじゃない。

二度と帰らぬ者となる。帰れぬ者となる。

車が止まりました。

「どうも、お疲れさまでした」

運転手さんが振り向き笑います。

わたしの家の前でした。

丁寧な挨拶の後、運転手さんは車をUターンさせて去っていきました。わたしは……

お風呂に入って、歯磨きをして、猫に餌をやって布団にもぐりこみました。そのまま、朝までぐっすりです。寝坊したので、目が覚めたとき、霧はもうほとんど消えかけていました。

これが現実ってものです。めったなことで異世界に紛れ込んだりはできません。けれど、物語となると。

無愛想な運転手だ。

客であるこちらが話しかけているというのに、ろくに返事もしない。「あぁ」とか「まぁ」とか呟《つぶや》きともいえない声をもらすだけだ。

不愉快なやつだと邦彦《くにひこ》は内心で何度も舌打ちをした。座席に深く座りなおし、窓の外に目をやる。

濃い霧が立ち込めていた。

すごい霧だ。ヘッドライトの明かりは呑みこまれ、僅《わず》か数メートルしか届いていない。

しかたないか。

邦彦は思い直した。この霧、しかも夜、しかも国道とはいえ山越えのカーブの多い道をタクシーは走っている。悪条件が三つも揃えば、運転手としては無口にも無愛想にもなるだろう。厄介《やっかい》な客を乗せてしまったと、運転手もまた内心で舌打ちを繰り返しているのかもしれない。

思い直すと、運転手に対する腹立ちは消え、申し訳ないような、気の毒なような心持ちになる。

昔からそうだった。人並みに腹立ちは感じるのだが、よく言えば寛容、悪く言えば意気地なく他人を許してしまう性分で、その性分のおかげで憎まれたり怨《うら》まれたりすることは一度としてなかったけれど、その性分のせいで軽んじられることはしょっちゅうだった。

「すごい霧だねえ」

独り言のつもりだった一言に運転手が反応する。

「お客さん……霧が好きなんですか?」

「は? 霧が?」

妙なことを訊《き》いてくるやつだ。邦彦は座席で身じろぎする。

「霧が好きか嫌いかって……あまり考えたことないけど」

「そうですか……でも……」

「でも、何だい？」

「いえ……あの、お客さん。失礼ですが……」

「うん？」

「あの……お名前、何ておっしゃるんで……」

「おれ？　木村だけど。木村邦彦。それが何か？」

「……いや、べつに」

運転手は口ごもり、そのまま黙り込んだ。バックミラー越しに後部座席を見ている。その目つきがいかにも意味ありげに思えた。

不愉快とか腹立ちより、不気味さを覚えてしまう。背筋の辺りがうっすらと寒くなった。車は霧の中を走っている。出張で初めて訪れた街から新幹線駅のある県庁所在地のY市まで四十キロほどの道程を行くのにタクシーを使った。仕事が首尾よく運んで気が大きくなっていたのだ。疲れてもいた。Y市行きの最終バスは二十分後。さてどうしようかと思案していたとき、一台のタクシーが近づいてきたのだ。この山道ほどではないが、街中にも霧が流れていた。空車の赤い二文字が滲《にじ》んで、やけに大きく見えた。躊躇《ためら》わず手をあげていた。

タクシーが止まり、ドアが開く。客が乗り込み、行き先を告げる。

この国ではまるで珍しくない光景だ。いつでも、どこでも転がっている場面。邦彦自身これまで幾度となく繰り返してきたことだ。しかし、今回は勝手が違う。いつもと違う。

霧のせいだろうか。それとも……。

この運転手はへんだ。なんだか、とても奇妙な感じがする。

邦彦は、料金メーターの上にあるプレートに目をやった。運転手の顔写真が貼ってある。四角張った顔の浅黒い肌をした中年男のものだった。

戸地倉元。

写真の横に氏名が毛筆に似せた印刷文字で示されていた。

トジクラハジメ。

戸地倉元。どこかで聞いたことがある。ずっと昔、どこかで。

邦彦は危うく叫びそうになった。

戸地倉元、戸地倉元、戸地倉元……ゲンちゃんだ。ゲンちゃんと同じ名前だ。そういえば、顔立ちがそっくりだ。がっしりとした顎《あご》の線も、もじゃもじゃして一本に繋がりそうな眉も、鼻の脇に大きなホクロがあるのまで、そっくりじゃないか。

いや、まさか、そんなわけがない。ただの偶然だ。偶然の一致だ。そうに決まってい
る。そうでなければならないはずだ。

ゲンちゃんはとっくに死んでいるんだから。

邦彦は悪寒に身体を震わせた。

戸地倉元とは幼なじみだった。二人とも山間《やまあい》の小さな集落に生まれた。同世代の少年たちと群れになって遊びまわる日々だったけれど、元とは特に気が合って、ほぼ毎日、朝から夕まで一緒にいた。

その日、小学校四年生の夏、元と山に行く約束をしていた。山といっても里山で、数日前に邦彦が栗林のはずれに窪みを見つけていた。誰かが力任せに穿《うが》ったような穴が、山肌に開いていたのだ。そこを秘密基地にしようと二人で決めていた。

藁束やらマットやらボロ布やらを家から持ち出して、窪みの前に集合。そんな約束を元と交わして家に帰ったのだが、邦彦はその約束を果たせなかった。朝から何となくだるかった身体が、家に帰りついたとたん、急激に調子を崩した。ふいの嘔吐《おうと》と発熱に見舞われたのだ。子どもたちの間に流行っていた夏風邪に罹《かか》ったらしい。そして、かなりこじらせてしまった。

元が栗林のはずれの穴の中で死んだと聞かされたのは、身体が完全に回復してからだ。

病み上がりの息子が味わう衝撃をできるだけ緩和しようとする親心なのか、母親は感情を表さぬ乾いた声音で手短に語った。

「遊んでいるうちに、穴が崩れたらしいでな。かわいそうなことをしたで……だけど、なんで、あんなとこで遊んでたかね」

元は待っていたのだ。邦彦を待っていた。いつまで待ってもこないので痺《しび》れをきらし、自分一人で基地作りに取り掛かっていたのだ。

穴は崩れた。生きながら埋められた。酷い死に方だ。まだ十歳にもなっていなかったのに……。

ふいに思い出した。国語の宿題の作文。題は『ぼく（わたし）のゆめ』。元は書いていた。

ぼくのゆめはタクシーのうんてんしゅさんです。ぼくは、タクシーのうんてんしゅさんになって、いろんな人をいろんな所につれていってあげたいです。

吐き気がする。邦彦は身体中に汗が噴き出るのを感じた。

ゲンちゃんはおれのことを怨んでいる。おれが裏切ったと思っている。おれを許さないと呪っている。

もう一つ、思い出した。祖母の言葉だ。

霧の中で生者と死者は交じり合うでや。霧の中ではの、死者は自分が死者である事を忘れてしまうのやと。怖いけれど哀れなことやの。

ああ、この霧だ。死者がよみがえっても不思議じゃない。

ゲンちゃんは大人の姿になって、タクシーの運転手の姿になって、おれの前に現れたんだ。おれを自分と同じ死の国に引きずり込むために、おれを自分の車に乗せて……。

悲鳴が喉を突き破りそうになる。恐怖に髪が逆立つようだ。

誰か、誰か、助けて。

車が止まった。

窓の外は霧と闇だけだ。

運転手がゆっくりと振り向く。

「……邦彦」

勘弁してくれ、ゲンちゃん。おれを許してくれ。

「成仏《じょうぶつ》してくれ、頼むから」

運転手は泣いていた。震えていた。

「乗ってきたときから……邦彦じゃないかと思ってた。邦彦が大人になって帰ってきたんだと……おまえ、おれのこと怨んでるのか。怨んでるよな。ごめんな、堪忍してくれや。まさか、穴が崩れるなんて、おまえが生き埋めになるなんて……おれ、思ってもいなくて……あの日、急に従兄弟《いとこ》が遊びに来て……おれ、おまえとの約束忘れてしまって……おれが悪かった。おれが悪かった。だから邦彦、勘弁してくれ。許してやってくれ。頼む……」

運転手は泣きながら、震えながら、手を合わせている。

おれ？　おれが死者？

そんな馬鹿なはずがない。邦彦は強くかぶりを振った。

「ちがう、ちがう。死者はおまえなんだよ」

運転手が大きく目を見開いた。

「死んでいるのはおまえなんだよ、ゲンちゃん」

「邦彦……迷ってくれるな。どうか成仏してくれ」

邦彦は唾《つば》をのみこみ、ゆっくりと瞬きしてみた。

霧の中では死者は自分が死者であることを忘れてしまう。

どっちだ？

おれとこの運転手と、忘れてしまったのはどっちなんだ。

生姜湯のお味は？

今から少しだけ前のこと、わたしが中学生だったころ（え？　少し前ってのはおかしいだろうって？　気分の問題です。気分）、窓から外をぼんやりと眺めるのが好きだった。ぼんやりとだから、特別、何かに視線や心を集中しているわけではない。

ぼんやり、ぼんやり、ぼんやり。

定まらない視線と心には風景もぼんやりとしか映らない。子どもと呼ばれる範疇《はんちゅう》にいる者がぼんやりしていると、大人という名の枠に入っている者はたいてい、眉を顰《ひそ》める。

「おい、何をぼけっとしてるんじゃ」

「ほらほら、ぼーっとしとらんで、さっさと動きや」

なんて、叱咤《しった》するのだ。全部じゃないけど、たいていの大人は、ね。で、ぼんやり娘だったわたしも、よく注意された。

ぼんやりは緩みだ。人間の箍《たが》が緩む。緩みっぱなしだと、いろいろ問題も起ころうが、たまに、いや時々……度々ぐらいだと却《かえ》って好影響を与えるというのが、わたしの持論である。

身体ではなく心に。

箍が緩み、締め付けが緩むと、人の心は開放的になる。出入り自由、来る者拒まず、去る者咎めず状態だ。いろんなものが立ち寄り、立ち去っていく。完全に覚醒して、きりきりしゃんしゃん動いているときには、決して感じられない何か、眼にできない何かに出会えたりするのだ。それは、窓の外を通りかかった誰かの視線かもしれないし、自分の内にある物語かもしれないし、見慣れた風景の中の見知らぬ様相かもしれない。ともかく、自分の内側や周辺にありながら、それまで気がつかなかった、つまり、意外なナニカと遭遇する可能性があるのだ。これは、けっこう楽しい。ぼんやりバンザイである。

さてさて、ぼんやり娘のわたしも健やかに、美しく成長し、いささか蒲柳《ほりゅう》の質ながらも、楚々とした佳人となった(え？ 事実を捏造《ねつぞう》している？ いいじゃないですか。佳人、麗人、美人、シャンなんてのは人それぞれの感性の賜物《たまもの》です。あなたにとって、どう見てもフツーのくすんだオバサンとしか思えない人が、ある者にとっては、極上の佳人、麗人……であったりするのです！ そこらあたりも、人間のおもしろいところですね。まあ、蒲柳の質と楚々のあたりは、たしかに捏造が過ぎたかもしれませんが)。

佳人となったわたしは、当然ながら数多《あまた》の求婚者に囲まれることになる。わたしは、夫となる人に無理難題をふっかけるほど高慢ではないし、「火鼠の皮衣《かわごろも》」とか「龍の頸《くび》の珠《たま》」とかまったく欲しくなかったので、まあ、ごく普通に結婚した。それで、めでたく三人の子に恵まれたわけで……恵まれていたのかどうかは母としてかなり「？」がつくのだが、まあその子たちもすくすくと、むくむくと、わさわさと大きくなった。

で、我が愛娘が中学生になって間もなくのころ、リンリンと電話が鳴った（今はルルル、ルルルと鳴ります）。

「はい、アサノでございます」

「アサノ、あたし」

悪友の、女にしては低い声が耳に滑り込んでくる。とたん、脱力。よそいき用の声音を出したことが悔やまれる。別に減るもんじゃないが、何となくもったいない。

「なんや、あんたか。どうしたんよ？」

ここで悪友は、くすくすと無遠慮な笑い声をあげた。

「今日な、中学校に行ったんよな。文化祭でやるＰＴＡのバザーの相談に。あっ、当日はアサノも手伝ってよ。お金の計算はええから、荷物運びとかイス並べとか力仕事はぎょうさんあるから」

『ぎょうさん』と言うのは方言で、標準語風に直せば『たくさん』という意味に近いだろうか。因《ちな》みに岡山には、たくさんとか非常に、を表す『ぼっこう』という言葉もある。『でえらあ』も似たような使い方をするかもしれない。『ぎょうさん』、『ぼっこう』、『でえらあ』をわたしたち（わたしと後は誰か知らない）は、岡山三大Ｖｅｒｙと呼んでいる（あさのあつこ著『あなたも一週間で岡山弁がぺらぺらになれる』より）。

悪友はＰＴＡの役員を一年間、引き受けていた。なり手のない役員を押し付けられ、しぶしぶ引き受けながら、いざとなると律儀にがんばるやつだ。そこらへんは正直、偉いなあと密かに感心している。人間、どんなやつにも美点があるという典型例だ。

「なんで、うちが力仕事なんかせないけんのよ」

「あんた、頭使うのいややって、いつも言うとるやないの。この前の懇親会のときだって会費の計算ができんと、桁《けた》を一つ間違えて大騒ぎやったし、その前は……」

「それで、これ、何の電話？」

わたしは、やや慌てて悪友を制する。そうしないと、話は際限なく枝分かれし「じゃあね」と受話器を置いたときには、最初の用事のことなど、かけた方も受けた方もきれいに忘れているという始末になりかねない。そうなったことが、一度や二度……十二度や十三度はある。

「そうそう、それで、学校に行ってな、帰りぎわにひょいと、中庭をのぞいたらな」

ここでまた、くすくす。心底、楽しげな笑いが響く。

「そしたら、あんた、どうだったと思う？」

知るかよと、思う。

思いながら、三階建ての校舎にはさまれた中庭を脳裏に浮かべる。

何があったっけ？

色合いのちがう茶系のタイルが敷き詰めてあって……。

一部が芝生になっていたような……。

中庭側に突き出たベランダの屋根に燕が営巣《えいそう》していたはずで……。

「サオリが寝転がってたで」

くすくす笑いの合間に、悪友が告げる。サオリとは我が愛娘の名である。「はぁ？」とわたしは、自分でもかなり間が抜けているなとわかるほどの間抜け声を出していた。

「サオリがどうしたって？」

「中庭に新聞紙を広げて寝転がってた。何しとるんでって聞いたら、あんた、どう言うたと思う」

知るかよ。

『おばちゃん、今日は天気がええから昼寝しとるんで』だって。家からわざわざ新聞紙持って来たってよ。あはは、何か笑えて、笑えて。あはははは、あーっおかしい」

悪友の名誉を守るために言っておくが（まぁ別に、守るほどの名誉じゃないけど）、彼女は親切ごかしに誰かを揶揄《やゆ》しようとか、意地悪しようとか、そんな悪辣《あくらつ》な人間ではない。ガサツで粗忽《そこつ》で大雑把でいいかげんな人間ではある。泣くより笑う方が百倍も好きで、何よりオチのない話を嫌う。ちょっとでも笑えるニュースを入手すると、それを伝えるためにやたら電話しまくる癖がある。今も、ただ単純におもしろがっているだけ、おもしろい事実をわたしに伝えたくて我慢できなくなっただけなのだ。

あはは、あははとあっけらかんとした陽気な笑いが続く。

そりゃあ、あんたはおもしろがるだけで済むでしょうよ。他人の子なんだから。親ともなるとそうはいきません。

中庭？　寝転がる？　新聞紙？　天気がいいから昼寝？

なんじゃ、そりゃあ。

女の子が何というはしたないまねをと、母は憤る。放射線状に広がる憤りを察したのか、悪友の口調が明らかにトーンダウンした。

「あ……アサノ、ちょっと待って。なんや、うちが言い付けたみたいになったけど、それ、困るから。サオリは偉いで。制服やなくて、ちゃんと体操服に着替えてたもん。TPOって言うの、よう考えてるわ。ええ躾《しつけ》しとるなって感心したんで」

何のフォローにもならない。まったく、ならない。娘はきっと、体育の授業の後、着替えるのが面倒くさかったに違いない。

まったくもって、はしたない。だらしない。面目ない。

で、帰宅した娘（もちろん、体操服）を前にお説教開始。

他人の目のあるところで、女の子が寝転んだりしてはいけません。それは、とても恥ずかしいことです。因みに、電車の中での飲食やお化粧も、とても恥ずかしいことです。世の中には他人に晒《さら》していい姿といけない姿があります。ガミガミガミガミ。

あたし、電車通学してないよ。電車の中で食べたり飲んだりしたことないよ。お化粧とかしたことないし。それに、うちらの街、電車走ってないが。みんな、ディーゼル車やで。

ディーゼル車の中でも、同じです。しちゃあいけないことがあります。大声をあげたり、走り回ったり、他人に不快な思いをさせたりは絶対、禁止。ルールではなくマナーの問題です。そこまでは、わかる？

わかる。でも、お母さん、今はディーゼル車のことじゃのうて、中庭のことじゃないん。話を元にもどしたら。

説教が迷走し始める気配を感じ、娘が忠告してくれた。おお、そうだったと母は慌てて軌道修正。なんやかんや、あれやこれや、わいのわいの、途中おやつ休憩を挟み、説教すること三十分余り。

娘は納得し、明日からは校舎裏側の樹の下に場所を移すという。中庭は暑すぎて、不適切だと気がついたとか。つまり、母の説教に心打たれ、納得したわけではなかったのだが……まぁいい。結果オーライ、終わりよければ全てよし、である。

「けどなぁ、お母さん」

カバンからよれよれになった新聞紙を取り出し、塵箱《ごみばこ》に捨てながら娘が目を細める。

「ぼーっとしとるのって、気持ちがえぇで」

呟《つぶや》くようにそう言った。

あぁと、わたしはうなずいてしまう。そうだった、そうだった。ぼんやりと心身を緩めたときの、緩められるときの心地よさを昔、わたしは確かに知っていた。知っていたのに忘れていた。

マナーは大切である。他人に迷惑をかけないよう、不快な思いをさせないよう、自分を律し、心を配る。他人を意識する。とても大切なことだ。そこを否定する気はさらさらない。けれど、それは自分という核をしっかり持ってのこと。自分の価値観、自分の信条、心情、自分の思索……世間という実体のないものに向かい合うとき、個を保つことは必須だ。そうしないと、呑みこまれる。自分が消えてしまう。他人の決めたルールをマナーだと思い込み、検証もしないで従ってしまう。唯々諾々《いいだくだく》と。わたしは、娘に電車内（ディーゼル車内も、蒸気機関車内も、リニアモーターカー内も）での飲食や化粧はご法度だと説教したが、なぜ、それが忌むことなのかを自分の言葉で説明しただろうか？　世間さまに恥ずかしいでしょ、他人の目が気になるでしょ、なんてのは説明責任逃れの卑怯な言葉だ。そうだなあ、自分の思いを自分の言葉で語ることを避けていたなあ。卑怯だったなあ。そして、硬直していたなあ。そういえば、このところ、きりきり、いらいらすることばかりでぼんやりと過ごす時間がほとんどなかった。自分を開け放つ時間がなかった。だから、つい、型通りのパターン化した画一的な説教を垂れ流してしまった。

ぼんやりとねえ……うん、忘れていたな。

「それでな、うち、ぼーっとしとったら何となく感じたけど」

娘が続ける。わたしは、穏やかな視線を向ける。そうだよね。緩まなければ感じられないこと、いっぱいあるよね。それは、案外に哲学に近いものであったりするよね。

「朝○新聞と毎○新聞じゃ、微妙に寝心地が違う気がする」

「は……」

「不思議じゃろ。同じ新聞なのに」

「はぁ……」

哲学が吹っ飛ぶ。娘は、いつだって唯物論者だ。母はとたん、皮肉屋になる。

「じゃあ、今度は○経新聞にしてみたら。うちにはないけど」（この○の中には、読み方の異なる同じ漢字一文字が入ります。さて、なんでしょう）。

娘は○経新聞には何の関心も興味もなかったらしく、母の皮肉も難なく跳ね返し、自室へと去っていった。

この「娘っ子、中庭寝転がり事件」をもとに、わたしは作品を一つ書き上げた。小学校中学年向きの一冊である。『えりなの青い空』というタイトルにした。ぼんやりとした少女のお話。出版元は毎○新聞社だ。寝転ぶときの心地よさは毎○新聞に軍配があったみたい。新聞社側としては、ちっとも嬉しくないだろうけど（あっ、誤解しないでください。何気に拙著の宣伝をしようなんて下心は、まったくありませんから。ええ、ありませんとも……）。

寝転び娘も長じて、２０××年には二度目の年女となり、24の誕生日を前に、数年間付き合っていた恋人と入籍をした。もっか年末に控えた結婚式（十二月って、式場代がぐっと安くなるらしい）での衣装選びに余念がない。もし母親になったら、どんな子育てをするのか今から楽しみ半分、不安半分のアサノです。

ところで、このところ、カリカリしていた昔に比べると脱力というか、ぼんやりしている時間が多くなった。わたし、この前も南瓜《かぼちゃ》の煮物を作ってはみたが、〝あきらかに砂糖の分量をまちがえたでしょう〟状態に陥ってしまった。なーんにも考えず、ぼんやりと砂糖をぶちこんだらしい。「お母さん、頼むけん、ぼんやりのTPO考えてや」と、嫁入り前の娘にため息を吐かれた。彼女が作り直した南瓜のそぼろ煮は、確かに美味でした。気を入れてないと、美味しい料理はできないものらしい。

これが現実。日々は反省と屈折とささやかな事件と発見のうちに、過ぎていく。そんな日々のどこかで、力を抜き、ぼんやりと己を開ける者は幸いなるかな、だと思う。それで何が変わるわけではないけれども。しかし、物語となると……。

福田福蔵氏（64）の死体が発見されたのは、○月△日、日曜日の早朝のことだった。

第一発見者は家政婦の横田文江さん(51)と谷田逸子《やだいつこ》さん(60)。文江さんは三年前から福田家で、通いの家政婦として働いている。その日も、いつもどおり朝七時(一時間分の早朝手当てが付く)に出勤し、玄関の掃除から始めた。台所仕事を担当する逸子さんは住み込みで、この時間、すでに朝食の準備にとりかかっている。

福蔵氏は、総資産十億はくだるまいとうわさされる素封家で、そのうわさに相応《ふさわ》しい豪邸を構えていた。

毎日の掃除を一人で担当するのは重労働で、更年期の身にはいささか厳しいし、かなり辛い。

それが文江さんの偽らざる心境だった。しかし、文江さんのご亭主は今、失業中なのだ。さらに長男の義彦《よしひこ》くんは大学は出たものの就職先が見つからず、書店とコンビニのアルバイトを掛け持ちして何とか生きている。長女の夢美《ゆみ》さんはまだ高校生だ。文江さんとしては仕事が辛いなど、口が裂けても言えない状況だった。

実は福田家の家政婦としての給金はなかなかのもので、以前働いていた運輸会社の事務員給与のざっと二倍はあった。手放すわけにはいかない。もともと陰日なたのない性質だし身体を動かすのは嫌いではないから、一生懸命に真面目に働いている。仕事ぶりは福蔵氏に気に入られているはずだ。「なかなかによく働くな」と労《ねぎら》いの言葉をかけてもらったこともある。とはいえ不安定な身分であることに変わりはない。福蔵氏の一存でいつ、クビになるかわからない不安と背中合わせなのだ。

福蔵氏は二年前に奥さんを亡くしていた。子どもはいない。親戚づきあいも近所づきあいも皆無の様子だ。ありあまるほどの財産を持ちながら、孤独で、趣味もなく、豪邸に閉じこもって暮らしている老人（一昔前とちがって、六十四歳はまだ老人と呼ぶには早すぎる年齢かもしれないが、福蔵氏は頭頂部が禿げ上がり、シワも深く、実年齢よりかなり老けて見えた）が、どのくらい偏屈で我儘《わがまま》で気紛れになるか家政婦仲間から聞かされている……用心するに越したことはない。

というわけで、文江さんは○月△日も、朝七時には掃除機とモップを手にせっせと玄関の床磨きに取り掛かっていた。玄関の床磨きを終えて、ドアも磨き、次は階段に移ろうと腰をのばしたとき、その階段から逸子さんが首を傾げながら降りてきた。生姜《しょうが》湯と果物と半熟卵の載った角盆を持っている。福蔵氏の朝食はいつも、生姜湯と果物と半熟卵と決まっていた。変わるのは果物の種類ぐらいだ。このワンパターン朝食を福蔵氏は自室で一人食べる。時間はきっかり、七時四十五分。逸子さんは七時四十五分に朝食を運び、八時十五分に下げに行く。それが今日は手付かずの盆を、首を傾げながら持ち帰っているのだ。

「どうか、しましたか？」

逸子さんは、福田家の家政婦として実に二十年のキャリアのあるベテラン先輩だ。どんな職場であろうとも、先輩は立てなければならない。蔑《ないがし》ろにすれば、後が怖い。世の中の仕組みをしっかり学んできた文江さんが、丁寧語で逸子さんに話しかけるのは当然だった。

「それがねえ、変なの。お部屋に、旦那さまがいらっしゃらないのよ」

「え？　では……お散歩にでも出られたのでしょうか」

昨夜は発達した低気圧が通り過ぎたとかで、嵐のような荒れ模様だったが、今朝は一転、爽やかな晴天となっていた。散歩日和だ。

「朝食も召し上がらずに、お散歩？　今まで一度も、そんなことなかったけど」

逸子さんがまた首を傾げる。逸子さんは若いころ女優志望で、ほんの端役だったが数回、映画に出演したこともあるとかで、やや背は低いものの目鼻だちのくっきりした美人だった。もっとも、今は歳相応にシワもシミも白髪もしっかりとできていて、昔美女の面影を僅《わず》かにとどめているに過ぎない。結婚と離婚の経験が一度ずつあり、四十二歳の時からずっと独身だった。

「どうなさったんでしょうか」

　モップの柄《え》を握りしめて、文江さんも首を傾けてみた。文江さんは、子どものころから縦も横も平均値をはるかに上回る体軀だった。文江さんと比べると、逸子さんは一回りも二回りも小さく見える。

「ほんとに。何だか、気になるわ」

　逸子さんは階段に盆をおろすと、眉間に深いシワを寄せた。

「実は昨夜ね、旦那さまにお客さまがあったみたいなの」

「お客さま？」

　文江さんは自分の眉が吊り上ったのを感じた。福蔵氏に客が来るなんて珍しい。真夏の雪とまでは言わないが、真夏の紅葉ぐらいには珍しいかもしれない。少なくとも、文江さんが福田家の家政婦として働くようになって、初めてのことだ。

「どんな方だったんですか？」

　好奇心を抑えきれず、文江さんは尋ねた。

「うーん、それがね、男の人で、背が高くて……そんなに若くはなかったみたい」

「何時ぐらいです？」

「十時は回っていたと思うわ」

「また、随分と遅い時間ですねえ」

「そうよねえ。わたしも遅いなあとは思ったんだけど……そのお客さまを書斎にご案内したの」

「書斎に？　応接室じゃなくてですか？」

「書斎にお通しするようにって、旦那さまに言われてたのよ」

「へぇ、書斎にねえ。それから？」

先輩に対する礼儀も忘れ、文江さんは身を乗り出していた。福蔵氏に客が訪れたことだけでも十分不思議なのに、夜の十時とは。しかも、その訪問を福蔵氏は予《あらかじ》め知っていた。もしかしたら、福蔵氏自身が呼んだのかもしれない。だけど、そんなことが、福蔵氏が誰かを自宅に招くなんて、あるだろうか……何だかどきどきする。逸子さんはちらりと大柄な後輩を見上げ、唇を尖らせた。口の周りに無数のシワが寄った。

「それだけよ」

「それだけ……ですか」

「それだけ。お茶をお持ちしましょうかって聞いたら、旦那さまがもういいから先に休むようにって」

逸子さんは、離れの一室で寝起きしていた。母屋《おもや》から少し離れているけれど２ＤＫ、バス・トイレ付き、冷暖房完備のなかなかに上等な住まいだ。文江さんの住居である古いマンションよりずっと住みやすそうなのに、家賃も光熱費も水道料も無料なんて、羨《うらや》ましすぎる。

「それで、わたしは離れに帰って、疲れてもいたものだから朝までぐっすり……それで、あの……」

逸子さんの黒目が左右にうろつく。逸子さんがこんな途方にくれた表情をするなんて、これまた珍しい。真冬の海開きぐらいの珍しさだ。文江さんはさらに身を乗り出す。好奇心がどーんどーんと膨らんで、それでなくても大きな胸がもう一回り盛り上がるようだ。

「何かあったんですか？」

「あのね、そうたいしたことじゃないんだけど……、今朝、起きてみたら、玄関の鍵が閉まってなかったの」

「あら、鍵が」

文江さんはさっき、自分が磨いたばかりのドアに目を向ける。

「戸締りはわたしの役目なんだけれど、昨夜はもちろん開けたままにしておいたわ。お客さまがいらっしゃるんだから当然でしょ」

「はい、当然です」

「だけど、旦那さまって、ほら、きっちりした方じゃない」

きっちりというより、細かいところにうるさいのだ。

口から出かかった一言を飲み込む。福蔵氏は本当に神経質で口うるさいですよね。

おいおい、玄関の隅に砂が落ちているぞ。脱衣所のマットが湿っぽいじゃないか。居間の窓が汚れている。ぴかぴかに磨き上げろ。

福蔵氏の小言には、しょっちゅう、うんざりさせられていた。けれど、口うるさい分、福蔵氏は確かにきっちりとした性質で、特に防犯には非常に気を配っていた。

「その旦那さまが、戸締りもしないでお休みになるなんて、ちょっと信じられないでしょ」

「かなり信じられませんね」

「しかも、お部屋にいらっしゃらない……となると、やっぱり、お散歩にでも出て行かれたのかしらねえ」

逸子さんが階段に置いた盆にちらりと目をやった。文江さんは、うーんと小さく唸《うな》った。頭の片隅で何かが動いている。そんな感じがする。昔からそういうことが、まれにだけれどあった。

もぞもぞ、もぞもぞ。もぞもぞもぞもぞ。

文江さんは、昔からのんびり屋で「あんたは、ぼーっとしすぎだよ。まったく、そんなんじゃ財布をすられても気がつかないんだから」と母親によく叱られた。でも、普段はぼーっとしている脳みその一部が蠢《うごめ》くときがある。どういうときなのか説明するのは難しいけれど、もぞもぞ動き出すと目がぱっちりしてくるのは事実だった。

うーん、何かある。

文江さんはぱっちりした目を瞬かせた。

「……逸子さん、ベッドの様子はどうでした」

「ベッド？」

「お休みになった形跡はありましたか？」

あらと呟いて、逸子さんも瞬きをした。

「そういえば、ベッド、きれいだったわ。もっとも旦那さまは起きるとすぐに、ご自分で整頓なさるんだけど、それにしてもきれいすぎたかも……」

「旦那さまは、昨夜、ベッドでお休みにならなかった。戸締りもなさらなかった。そういうことですよね」

文江さんの大きな顔がぐっと近づいてきたので、逸子さんは思わずのけぞった。

「そっ、そうかもしれないけど。じっ、じゃあ、旦那さまは昨夜、お屋敷から出て行ったまま帰ってないってこと……」
「それも考えられますが……」
文江さんはくるりと身を翻して、廊下を足早に進んだ。
「あっ、文江さん、どこに行くの。待ってよ」
逸子さんが追いかけてくる。
廊下の突き当たりはガラス戸になっていて、そこから裏庭に出られる作りになってい
た。文江さんはガラス戸を目視で確かめた。しっかりと施錠されている。
ガラス戸の横手に福蔵氏の書斎がある。つまり、書斎は廊下の一番端に位置している
のだ。オーク材のどっしりとした扉がついている。文江さんは、扉を力任せに叩いた。
「旦那さま、旦那さま、いらっしゃいますか、旦那さま」
ドンドンドン、ドンドンドドド。
まるで太鼓の乱れ打ちだ。文江さんのこぶしはとても大きくて、硬そうで、分厚い扉
でさえ粉砕しそうな勢いがあった。
「ふっ、文江さん、おっ落ち着いて。こんなに騒いでも返事がないんだから、旦那さま
はいらっしゃらないのよ」
逸子さんが慌てて文江さんを止めようとする。文江さんは手を止め、耳をすませてみ

た。

何も聞こえない。静まり返っている。

ドアノブを回して押すと、扉は音もなく内側に動いた。

ここも鍵がかかっていない。

「失礼いたします」

文江さんが大きな身体を扉の間に滑り込ませる。逸子さんも後に続こうとした。が、書斎の中には入れなかった。扉のかわりに、文江さんの広い背中が立ち塞がっていたのだ。その背中に逸子さんは思いっきり鼻をぶつけてしまった。

「文江さん……ちょっと、どうしたの……」

文江さんがゆっくりと振り向く。

鼻の頭を押さえたまま逸子さんは息を詰めた。文江さんの顔色が真っ青になっていたのだ。ほんとうに青い。冬空の下の薄氷みたいな色だ。

顔色って、白を通り越すと青に近くなるのね。

逸子さんはとっさにそんなことを考えたりした。文江さんの唇がやはりゆっくりと動き、かすれた声をもらす。

「旦那さまが……」

「え?」

「旦那さまが……」

逸子さんは文江さんを押しのけるようにして、書斎に一歩、足を踏み入れた。悲鳴がほとばしる。

「きゃぁっっっっ」

逸子さんがふらふらとよろめく。そのまま、後ろに倒れそうになる。文江さんはとっさに手を差し出し、逸子さんの細い身体を支えた。逸子さんがしがみついてくる。しがみつきながら、叫び続けた。

「旦那さまが、旦那さまが、きゃあああああ」

書斎はほぼ正方形をしており、扉から対角の位置に大きな机が備え付けられている。その机の横に福蔵氏が倒れていた。机の後ろはガラス戸付きの書棚になっていて、二日前、文江さんが丹念に拭き掃除をしたばかりのガラスに血が飛び散っていた。床の上にも血溜まりができている。血の臭いが鼻腔を刺激して、吐きそうになる。

「きゃあぁぁぁ、嫌だぁ、旦那さまが殺されている」

逸子さんの金切り声が耳を突いてくる。文江さんは、我に返った。

「逸子さん、落ち着いて、落ち着いてください」

逸子さんを抱きしめ、背中をさする。怖い夢を見て、夜中に泣きだした子どもたちをよくこうして鎮めてやった。効果は抜群で、子どもたちはすぐに穏やかな寝息をたて始めたものだ。今も、文江さんの手の動きに合わせ、逸子さんの呼吸が落ち着いてくる。

頃合いをみはからい、

「警察を呼んでください。早く、急いで」

いつもよりずっときつい調子で、ほとんど命令口調で言う。

「あ……はい」

逸子さんはうなずくと、ふらふらと廊下に出て行った。文江さんは深呼吸を一つする。辺りを見回す。そして、もう一度、深呼吸。

扉の陰に銃身の長い銃が一丁、転がっていた。福蔵氏は一時、猟に凝っていたことがあって、何丁かの猟銃を所有していた。普段は書斎に隣接した小部屋に保管してあるはずだが。

「もしもし、警察ですか。たいへんなことになりました。すぐに来てください。はい？ああ……はい、住所は……」

逸子さんが上ずった声で警察に連絡をしていた。

「旦那さまが、殺されたんです。猟銃で撃たれて、血だらけなんです……ええ、だから、早く、早くきてください。早くきてぇ」

受話器を置く音とすすり泣きが聞こえてきた。文江さんは、花柄のエプロンのポケットから掃除用の手袋をとりだした。自分の指紋を現場につけてはいけないと思ったのだ。

福蔵氏はうつ伏せにたおれていた。豪華なペルシア絨毯《じゅうたん》がどす黒く血にそまっている。

血の臭いが強くなる。文江さんは唇をかみしめた。身体が細かく震えてしまう。

あれ？

足を止め、福蔵氏の伸ばした手の先を見つめる。絨毯の上に何か文字らしい物が残されていた。屈みこむ。

文字だ。血で記された文字。

「か・わ・の……かわの？」

乱れているけれど、確かに「かわの」と読める。

これは、旦那さまのダイイング・メッセージ？

文江さんは息を飲み込み、血の三文字を見つめていた。

逸子さんの泣き声が響いてくる。遠くから、パトカーのサイレンも響いてきた。

福田福蔵氏殺害の容疑者が逮捕されたのは、翌日の午後だった。

川野《かわの》陽介《ようすけ》（63）。

福蔵氏とは小学校から高校まで、同じ学校に通っていた。すなわち同級生であり、福蔵氏の数少ない友人の一人でもあった。五十歳のとき勤めていた会社をリストラされたため、両親の出身地であるA県U町に引っこみ、以来、U町で小さなレストランを営んでいる。因《ちな》みに川野の妻、稲子《いねこ》も福蔵氏の高校時代の同級生だった。

「その川野さんは、旦那さまに呼ばれて、あの夜、福田家を訪れたって言ってるわけね」

文江さんが尋ねる。

「うん、そうらしい」

と答えたのは、石積伸人《いしづみのぶと》くん（25）。文江さんの三つ違いのお姉さんの息子……つまり、文江さんの甥っ子になる。西陽《せいよう》新聞の記者になって二年目の新米だった。

二人は、駅前の喫茶店の片隅に向かい合って座っていた。文江さんの前には空になったプリンアラモード、伸人くんの前には半分ほど空になったフルーツパフェの容器がある。二人とも大の甘党だったのだ。喫茶店には文江さんが呼び出した。情報収集のためだ。

「伸くん、もうちょっと、詳しく話してよ」

「え……でも、いくら身内でも外部の人間にべらべらしゃべるのは、新聞記者として、やっぱ、NGでしょう」

「何、かっこつけてるのよ。あんたが高校生のときラブレターを何通も代筆してあげた恩、忘れたの」

「え……そんな古い話、今頃、持ち出されても……」

「古くても新しくても恩は恩じゃない。あんたはやたら惚れっぽいくせに、じっくり女の子と付き合うのが苦手で、すぐに飽きちゃうというか飽きられちゃうというか、ものの三月ももたないで別れちゃうのよねえ。あんたがラブレター出した相手、まだ、名前覚えてるわよ。えっと、確か最初が猪口《いぐち》加菜さん、次に村上泉美《むらかみいずみ》さん、川口由加子《かわぐちゆかこ》さん、苗字は忘れたけど、麻里《まり》さんって名前の人も……」

「わかった、わかった、わかったって。大きな声、出すなよ。ったく、叔母ちゃんにはかなわねえなあ」

「わかってるなら、観念してしゃべっちゃいなさい」

伸人くんがため息をつく。

「で、何を聞きたいわけ？」

「警察は、その川野さんを犯人だと信じているの？」

「限りなく黒に近い人物とみてる。ほぼ、犯人と断定してるんじゃないのかな。何しろ状況証拠がばっちりだから」

「ばっちりって？」

「まず、犯行のあった夜、福蔵氏を訪ねた男、訪問者は川野だった。これは川野自身が認めている。川野の他に福田家を訪れた人物は一人もいない。川野によると」

「年上の人よ。ちゃんと『さん』をつけなさい」

「殺人事件の容疑者だぜ」

「容疑者は犯人じゃないでしょ」

伸人くんは肩をすくめ、フルーツパフェを一匙《ひとさじ》、口に運んだ。伸人くんのお母さんは、文江さんと血の繫《つな》がった姉妹とは信じられないほど痩せていて、病弱だった。入退院を繰り返す母に代わって、この大柄で陽気な叔母に育てられた時期がかなり長くあった。丁重ではないけれど、大切に慈しんで育ててもらった記憶がある。だから伸人くんは、今でもこの叔母さんに頭があがらない。神経質で口うるさい実母より、体軀も心根も大らかな叔母の方に親しみを感じているのも事実だ。

「川野さんによると、一週間ほど前、福蔵氏からできるだけ早いうちに会いたいという電話があったんだって。それまでも、たまに連絡はとりあっていたけれど、そのときの電話はずいぶん、切羽詰った様子だったとか。だけど生憎《あいにく》、川野さんの奥さんが体調を崩して寝込んでいたんだ。店もあるし、U町を離れるわけにはいかなかった。結局、それやこれやで福田家を訪問したのは一昨日のあの時間になってしまったらしい」

「旦那さまは、川野さんが来るのを承知していたわけね」

「そうそう。川野さんとしては、ビジネスホテルに一泊して次の朝、訪問するつもりだったけど……まぁ一般的常識としてはそうだよね。けど、駅から電話したら、すぐに来てくれって福蔵氏自身が急《せ》かして、それで、駅からタクシーを飛ばして福田邸まで行ったんだって。これは、タクシーの運転手の証言がとれている」

「ふーん、なるほど。で、旦那さまは川野さんに、何を話したわけ？」

水を一口飲み、伸人くんはすっと声をひそめる。

「それが……何だと思う」

ここらへんで、ちょっと焦らしてみるのもいいだろうと、伸人くんは考えた。問われるままにすらすら答えるなんて、あまりに芸がなさすぎると思ったのだ。

おれだって、一人前……記者としては半人前だってデスクにはよく怒鳴られるけれど、一応、一人前の社会人なんだから……いつまでも、子ども扱いされるのも心外ってもんさ。そこらへんを、叔母ちゃんにもわかってもらわないと。

「遺産相続」

文江さんがぼそっと呟いた。伸人くんの口から食べかけのサクランボが、食べかけのまま転がり落ちた。

「お行儀が悪いわよ」

文江さんが食べかけのサクランボを拾い上げる。

「叔母ちゃん……それを誰から聞いたんだよ。まだ、どこからも報道されていないだろ」

「聞かないわよ。もしかしたらって思ったの」

文江さんが真正面から伸人くんを見つめてくる。目がぱっちりしている。いつもの眠たげな眼つきじゃない。

「旦那さま、川野さんに全財産を遺すつもりだったのね。それを伝えたくて川野さんをお屋敷まで呼んだ。ねえ、伸くん、旦那さま……お身体の具合が悪かったんじゃないかしら。治療の施しようのない、不治の病に侵されていた……とか」

伸人くんは今度は、飲みかけの水を吐き出しそうになった。さすがに、それはまずいと無理やり飲み込む。むせて、咳き込んだ。

「ごほっごほほっ、叔母ちゃん……ごほっ、何でそこまで知って……ごほっごほごほ」

甥の醜態を無視して、文江さんはおうように頷いた。

「わたしは家政婦よ。毎日、家中の掃除をしたり、旦那さまの用事をこなしたりしてるんだもの、たいていのこと、わかっちゃうわよ」

「そうかなぁ……」

家中の掃除をしている＝《イコール》たいていのことがわかる。という図式は伸人くん的には納得しかねるところもあったが、そんな些事《さじ》はどうでもよかった。叔母の目がぱっちりしている。こういう目つきのとき、叔母のカンや頭の回転が妙に鋭くなることを思い出した。

「そうなの。川野さんに連絡したあたりだと思うけど、旦那さま、顧問弁護士の立川《たちかわ》先生をお屋敷に呼んで長い時間、話し合われていたこと、あったのよ。それに、ゴミ箱の中にお薬の空瓶とか袋とかが徐々に増えてて、何となくおかしいなあって感じてたわけ……、そしたら、いつだったかなぁ、わたしが書斎の掃除をしていたら、『きみは生きているのが楽しいかね』なんて、お尋ねになってね。びっくりしたわ」

「生きているのが楽しいか、か。なんか、青臭いっちゃ、青臭い質問だよな」

「でしょ。あの旦那さまが、まるで中学生みたいなこと聞いてくるんだもの。啞然としちゃった」

「いや、叔母ちゃん、このごろは中学生でもそんなこと聞かないよ。友だちとの話題は主に株価の変動についてだ、なんて剛の者がいるぐらいなんだから」

「まぁ、それはそれで問題じゃないの」

文江さんが顔を顰《しか》める。伸人くんは話題が、『昨今の中学生比較』とか『若者の興味と関心』に移らないように、

「で、叔母ちゃん、何て答えたわけ？」

と、何気なく軌道修正をした。

「うん、『そんなこと考える暇もないぐらい、忙しいです』って、正直に答えたわよ。旦那さまは『そうか』っておっしゃったきり、黙り込んでしまって。うーん、つまり、何もかも変なのよ。それまでの旦那さまと微妙に感じが違ってきて……こういうこと、口に出すのも憚《はばか》られるけど……わたし、旦那さま、ご自分の余命を悟ったんじゃないかって気がしてならなかったの。堂本《どうもと》の伯父さんがそうだったからね」

「堂本？　誰、それ？」

「堂本の伯父さん。あんたのお祖父ちゃんのお兄さんになる人よ。堂本本舗って大きな造り酒屋に婿養子にいった人で、趣味が貯蓄、特技が貯金ってタイプでさ。口を開けば、こうやれば儲《もう》かるだの、商売で損をするやつは馬鹿だの、ほんと、お金の亡者だったたわけ。うちなんて、しがないサラリーマン家庭だったから、よく馬鹿にされてたもんよ。

子ども心にも嫌な伯父さんだったなあ」

「あ……うん」

突然、入り込んできた堂本の伯父さんに伸人くんは、いささか面食らってしまう。

「その伯父さんが死病に罹《かか》ってしまって、母親……つまり、あんたのお祖母ちゃんのことね」

「わかるよ、それくらい。いちいち注釈つけなくていいから」

「あら、失礼いたしました。で、お母さんとお見舞いにいったらさ、何というかすっかり、灰汁《あく》が抜けたみたいになって布団に横たわってるの。それで、母さんに向かって『おまえは人生、楽しかったか』ってぼそっと尋ねるの、母さん、正直な人だから『はい、楽しかったし、今でも楽しいですよ』って本音で答えちゃって、そしたら、伯父さん、にっこり笑って『そうか、良かったなあ、良かったなあ』なんて繰り返すの。なんか子どもに返ったみたいでねえ……、伸くん、わたし、旦那さまと堂本の伯父さんが重なってしょうがないのよ」

「堂本の伯父さんについては、よくわかんないけど、福蔵氏は確かに不治の病に取り付かれていたらしいよ。川野さん、『あと半年、もつかどうかと医者から告げられている。おれが死んだら、全財産をおまえに譲るから』って突然言われて、驚いたってよ」

「そりゃあ、誰だって驚くわよねえ」

文江さんは、大きく息を吐き出した。

莫大な財産を突然譲り受ける。どんな感覚なのだろうと考えてみる。皆目、見当がつかない。

「旦那さまと川野さんは、相当、信頼しあった親友同士だったわけね。そうじゃないと、遺産を遺そうなんて思わないでしょうから」

「それなんだけど」

伸人くんは腕組みして、わざとらしく肩をすくめてみせた。

「そうでもないらしい」

「ええ？」

「川野さん曰く、確かにずっと同じ学校には通っていたけど、正直、住む世界が違うと思っていた、だって。福蔵氏は資産家の息子で成績も抜群によくて、いつも注目される立場。しかもすごい努力家で負けず嫌いでがむしゃらに頑張るキャラ」

「川野さんのキャラは違うわけね」

「うん、おれも本人に直接、あったわけじゃないけど……顔見知りの刑事さんにちらっと探りをいれてみたら」

「まっ、あんた、そんなことができるようになったの。たいしたもんじゃない。女の子のお尻ばっかり追いかけていたのにねえ。りっぱになって、お姉ちゃんも一安心よね」

「叔母ちゃん、いつまでも子ども扱いするなって。おれだって、新聞記者の端くれなんだから、まったく」

伸人くんがチッチと舌を鳴らした。腹を立てたときの癖だ。

こういうところは、子どものときのまんまなんだ。

少しおかしい。文江さんは緩みそうになった頰を慌てて、引き締めた。笑っている場合じゃない。

「それで、その刑事が言うに、川野さんって、覇気に乏しいというか、どっちかと言うとぼーっとした感じで他人を押しのけても前に出るってタイプじゃ全然ないらしい。家庭環境も性格も福田福蔵とは真反対ってわけ。小学生のころは、そういうの関係なくけっこう親しくつきあっていたけど、中、高校生になると、徐々に付き合いがなくなっていって……むしろ、今、川野さんの奥さんになっている稲子さんの方が親しかったぐらいだってさ。これも川野さん曰く、なんだけど、いつの間にか福蔵氏の方から避けるようになっていたと思う。思うけど、住む世界が違うんだからしょうがないと納得していた……とか」

「じゃあ、遺産の話はまさに青天の辟易《へきえき》ってわけよね」

「青天の霹靂《へきれき》だよ、叔母ちゃん。わざとボケてるの？」

「真面目に間違えました。うーん、だけど、何で旦那さまは川野さんに遺産を遺そうなんて考えたのかしらね。まさか、川野さんが嘘をついてるわけじゃないでしょうからね」

「うん。それはないと思う。福田家の顧問弁護士に確認中らしいけど、どうも本当らしいよ」

ウェイトレスがグラスに水を足してくれた。店内には、ポツポツとしか客がおらず手持ち無沙汰のようだ。ほんとうは、追加注文すればいいのだろうけれど、できるだけ余計な出費は控えたかった。福蔵氏が亡くなったことで、文江さんは失業に追い込まれようとしていた。本当のところ、甥っ子と向かい合ってプリンやらパフェやらを食べていられるほど優雅な身分ではないのだ。すぐにでも、次の仕事を見つけなければならない。

しかし、そうはいかなかった。容疑者が捕まったと聞いたとき、この事件の真相をどうしても確かめねばならないと文江さんは決意した。ただの好奇心からではない。どうしても確かめねばならない理由があったのだ。

「じゃあ、川野さんには旦那さまを殺す動機がないじゃない。自分に莫大な財産を譲ってくれる相手を殺すなんて、ちょっと考えられないもの」

「だから、状況証拠しかないんだって。川野さんが、たった一人の訪問客だったたってい う、ね。それと、凶器となった猟銃……これは、趣味の話になったとき、福蔵氏が持ち出してきたので、触らせてもらったと川野さんが証言したにもかかわらず、誰の指紋も検出されなかった。それがかえって怪しまれているみたいなんだよな」

「つまり、殺害後、川野さんがきれいに拭き取ったと思われているわけか」

「そう。警察は川野さんの証言と指紋の有無が食い違うのも、犯行後、動転していたからじゃないかって疑っているみたいだ。ただ、川野さんの衣服からは硝煙反応はまったく出なかったらしい。まぁ、警察としてはどこかで衣服を着替えて、廃棄したと考えているらしいけど。川野さんは着替えなんかしていないと主張しているみたいだ。福田家訪問時には薄手のコートを着ていたって、叔母ちゃんの同僚が証言を」

「先輩よ」

「……先輩が証言しているんだ。コートの下の服装を見ていたらよかったんだろうけど、まさか、こんな状況になるなんてフツー、思わないからさ。そこまで確かめたりしないもんな」

「そうね……誰も思わないわね。ねえ、もう一度、念をおすけど、川野さんには今のところ、動機がないわけよね。その……変な言い方だけど……旦那さまの余命がそうないなら、川野さんは……その、しばらく待てば莫大な財産が手に入るわけで……その、だから、たとえお金が欲しくても……別に、慌てて旦那さまを殺害する必要なんてないわけでしょ」

ほんとうに言い難い。言葉が苦すぎて味覚が痺《しび》れるようだ。

「そりゃあそうだけど。死人に口無し、だろう。川野さんが嘘をついているって可能性も大いにあり、さ。遺産の話は本当としても、福蔵氏と川野さんの間に、何かいざこざがあり口論の末にかっとなった川野さんが福蔵氏を射殺。ズドッン」

伸人くんが銃を撃つ真似をする。さっきのウェイトレスが振り向き、眉を顰《ひそ》める。女性の反応には敏感な伸人くんは、いけねぇというように、ぺろりと舌を出した。

「それが、警察の考えている真相なのね」

「じゃないかな。例のダイイング・メッセージもあることだしね。あれ、専門家の鑑定で、どうやら福蔵氏の書いたものに間違いないって証明されたらしい。つまり、犯人が立ち去った後も、福蔵氏はまだ生きていた。そこで最期の力を振り絞って、犯人の名前を床に残したんだ。か・わ・の、とね」

「あれ、犯人の名前なのかしら」

「他にどう考えられるんだよ」

文江さんは黙り込んだまま、テーブルを見つめる。

「叔母ちゃん、どうしたんだよ。何か引っかかること、あるのか？」

「ちがうのよ」

「え？　ちがうって？」

伸人くんは身を乗り出し、ぱっちり目の叔母の顔を覗き込んだ。

文江さんはゆっくりとグラスを持ち上げると、テーブルの上に少し水を零《こぼ》した。

「伸くん、この水で『かわの』と書いてみてよ」

伸人くんは素直に言われたようにした。過去の恩に慮《おもんぱか》ったわけではない。まだ若くてか細いけれど、伸人くんの胸内に確かに芽吹いている記者魂が刺激されたのだ。ちくちく、ぞくぞくする。感情を抑えて、指先を動かす。

か・わ・の。

「これでいい？」

「うん、じゃあ次に漢字で川って書いてみて。三本川。その後に平仮名の『の』を書いて」

川の。テーブルから顔を上げると、文江さんと目が合った。

「どっちが書き易い？」

「え？」

「平仮名で『かわ』と書くより、漢字一文字の『川』の方が書き易くない？」

「あ……言われてみれば」

「でしょ。わたしたち、ついうっかり漢字より平仮名の方が簡単って思い込んじゃうけど、漢字の『川』と平仮名の『かわ』じゃ、漢字で書くほうが楽なのよね。美沙ちゃんが、そうだったから」

「は？　ミサ？」

「川端《かわばた》美沙ちゃん。近所に住んでいる女の子なんだけど。お母さんが昔ながらの教育ママでね。まだオムツもとれないぐらいから、字だの英単語だのを教えるわけ」

「はぁ……」

堂本伯父さんの次は近所の川端美沙ちゃんの登場だ。話がどう繋がるか、さっぱり予測できず、伸人くんは黙り込んだ。

「それで、川端さんが、美沙ちゃんのママがね、ある日、わたしに言うわけよ。『横田さん、うちの美沙って、もう漢字が書けるのよ』って。よく聞いたら川端の川の字をノートに書くんですって。でも、子どもって漢字とか平仮名とか関係なく、書き易い方を先に覚えるものよ。当たり前なんだけどね。美沙ちゃん、今年、小学校にあがったんだけど、『さ』とか『き』を鏡文字で書いちゃうみたいで、川端さん、かりかりしてたわ。まっ、そういうのもいつの間にか直っちゃうんだけど、若いママはせっかちだからね」

「つまり、福蔵氏もダイイング・メッセージを残すなら平仮名じゃなく、漢字を使ったと……」

川の。自分で書いた水文字を見つめ、伸人くんはうーんと小さく唸った。

「だけど、叔母ちゃん、さっきも言ったように『かわの』の三文字を福蔵氏が書いたことは、ほぼ間違いないんだけど」

「旦那さまが書いたんじゃないなんて、わたし、思ってませんよ」

「けど」

「意味が違うのよ」

「意味？」

文江さんが重々しくうなずく。伸人くんは、口の中の唾《つば》を飲み下した。ちくちく、ぞくぞくが倍加する。

「叔母ちゃん、叔母ちゃんはもしかして、すごく重要なことを知っている……とか」

「生姜湯が不味かったの」

「へ？」

「あの日ね……旦那さまの死体を発見した日、そりゃあもうたいへんな騒ぎになったじゃない。わたし、殺人事件に巻き込まれるなんて初めてのことなんだけど、もう、ほんとうに頭がくらくらしちゃうぐらい疲れちゃって」

「まあ、たいていの人は殺人事件なんかに巻き込まれずにすむからね。疲れるのも無理ないけど」

「でしょ。それで、わたしキッチンで一息、ついてたの。考えたいこともあったし……。そしたら、旦那さまの朝食が手付かずで置いてあってね、生姜湯と果物と半熟卵。わたし、喉が渇いてて、ちょっとだけ生姜湯を頂いたわけ。お行儀悪いってわかってたんだけど……誰にも言わないでね」

「おれが誰に言いつけるんだよ。それで、叔母ちゃんは行儀悪いことに、生姜湯を飲んじまったんだ」

「一口でやめちゃった。すごく、不味かったから。生姜ばっかりで、甘味がまるでなくて、生姜もちゃんとすりおろしてなかったし」

　伸人くんは生姜湯なんて飲んだことがないし、飲もうとも思わない。生姜湯が福田福蔵氏殺人事件に関係あるとも思えなかった。まるで思えなかった。

「叔母ちゃん、あのさ」

「行きましょ」

文江さんが立ち上がる。あまりに突然だったから、伸人くんはイスの中で、僅《わず》かにのけぞってしまった。

「どう考えても、これしかないわ。行きましょ、伸くん」

「え？ 行くって、どこへ？」

伸人くんが腰をあげたときには、文江さんはもう背中を見せて歩き始めていた。プリンアラモードとフルーツパフェのレシートが透明な筒につっこまれたままだ。

「えーっ、叔母ちゃん、これ、おれが払うの？ 給料日前できついんだけど、叔母ちゃん」

文江さんは喫茶店のドアを押し、外に出ようとしている。何かを決意したかのように肩がいかっていた。伸人くんはため息を一つ吐き、財布を取り出した。

○月□日、午後三時十六分。

福田邸の書斎。

逸子さんは福蔵氏の机の前に佇《たたず》んでいた。床にはまだ黒ずんだ血の跡が残っている。

「旦那さま……」

エプロンの裾で、そっと目尻を拭いた。拭いても、拭いても涙が湧いてくる。どうして、こんなことになったのでしょう。どうして……。

「逸子さん」

背後から声をかけられ、飛び上がるほど驚いた。一瞬、髪の毛が逆立った気がしたほどだ。

「まぁ、文江さん」

文江さんが息を弾ませて立っている。大きな胸が上下に動いていた。走ってきたのだろうか。

「どうしたの、そんなに慌てて……」

「何をしてたんですか？」

文江さんがすっと書斎の中に入ってきた。逸子さんはなぜか、一歩、退いていた。

「何をって別に、何も……。何をしていいのか、考えられなくて」

本当のことだった。何十年も福田家の家政婦として働いてきた。それ以外にどんな生き方があるのか見当がつかない。途方にくれているというのが、偽らざる心境だった。

わたしは途方にくれています。

文江さんの後ろから、長身の若い男が入ってきた。鼻の辺りがどことなく文江さんに似ている。

「文江さん、その方はどなた？」

文江さんは、逸子さんの問いを無視して、もう一歩、近づいてきた。頬を幾筋もの汗が伝っている。まだ、暑いという時季にはほどとおいのに、この人、とても汗っかきなのね。そんなことをふっと思った。

「逸子さん、なんで旦那さまを殺したりしたんですか」

文江さんの顎の先から汗が一滴、滴って落ちた。逸子さんは瞬きし、文江さんを見上げる。

「なんですって？　今、何て言ったの？」

文江さんは大きく息を吸い込み、一言一言区切るように言葉を続けた。

「逸子さん、旦那さまを、殺したのは、あなたです、ね」

「まぁ」

と、逸子さんも息を吸い込んでいた。頭の中がくらくらして、吸い込んだ息が吐けない。

「まぁ、まぁ……まぁ、文江さん、あなたなんてことを……」

やっと息が吐けた。

「逸子さん、わたし、旦那さまの死体を発見したときから、なんだかこの辺に引っかかるものがあって」

と、文江さんが自分の胸を上下になでる。

「それが何かなぁってずっと考えていて、考えて……わかったんです。旦那さまを殺したのは逸子さんだって」

文江さんの後ろで若い男がしゃっくりをする。口をおさえながら、文江さんから逸子さんへ、逸子さんから文江さんへと視線をうろつかせている。その顔つきがどうにもおかしくて、逸子さんは噴き出しそうになった。

まぁ、わたしったら笑っている場合じゃないのに。

背筋をまっすぐにして、文江さんの目を見つめる。

「もう少し詳しく、話してくれない。どうして、わたしが旦那さまを殺したなんて、思ったの？」

「逸子さん、わたしたち、ほぼ同時に書斎に入りましたよね。そして、床に倒れている旦那さまを見つけた」

「ええ、そうね」

「逸子さんはすぐに廊下に出て、警察に電話をしました」

「ええ」

「そのとき、どう言ったか覚えてますか?」

「え?」

「逸子さんは『旦那さまが猟銃で撃たれて殺された』って、そう言ったんですよ」

「……それが、どうしたの? そのとおりでしょ」

首を傾げてみる。文江さんはかぶりを振った。子どもが駄々をこねているみたいな仕草だった。

「なんで殺されたってわかるんですか。旦那さまは床に倒れていただけなのに、普通は『死んでいる』って言うんじゃないですか。それに、凶器が猟銃だなんて、あのときにわかるわけがないんです。猟銃は扉の陰に転がってました。逸子さんは目にしていないはずです。あの時点で、旦那さまが殺されたこと、凶器が猟銃であったことを知っているのは、ただ一人……真犯人だけです」

逸子さんは黙っていた。黙って、文江さんを見つめ続ける。文江さんはいつもより、ずっと早口でしゃべっていた。身体の中のものを一気に吐き出そうとしているみたいだ。

「それに、生姜湯が不味かったんです」

「生姜湯って……、わたしが旦那さまの朝食に用意する、あの生姜湯のこと？」

「はい。いつだったか、逸子さん、わたしにも作ってくださったじゃないですか。すごく美味しくて、旦那さまが気に入るのもわかるなあって、思ったんです。ほんと、美味しかった」

「ええ」

「わたし……お恥ずかしいけど、昨日、キッチンにあった生姜湯、黙って頂いちゃったんです。旦那さまの朝食用の……疲れていたし、喉がからからだったもので……すみません」

文江さんが肩をすぼめる。

「別に、謝ることないけど。たいへんな一日だったんだもの。疲れるし、喉も渇くでしょ。気にすることないわ」

わたし、ずいぶん、落ち着いているわね。

他人事のように感じている自分に気づき、逸子さんは小さな吐息をもらした。そっと、鬢《びん》のほつれを直してみる。

「それで、その生姜湯が不味かったのね」

「はい、とても。逸子さんが作ったものとは思えませんでした」

「でも、あれは……わたしが作ったものよ。間違いないわ」

「だから、不思議だったんです。何でこんなに不味いんだろうって……答えは一つしかありません。逸子さんがいい加減に作ったからです」

文江さんが顎をあげる。両手の指を組む。祈りを捧げるかのような仕草だ。

「逸子さんは、いつも心をこめて旦那さまの食事を作っていました。だから、美味しかったんです。でも、昨日の料理はひどかった。わたし、念のためにゆで卵も調べてみました。いつもの程よい半熟じゃなくて、生に近かったです。ねえ、逸子さん、昨日の朝食、とてもいい加減に作りましたよね。おざなりっていうか、体裁だけ整えておけばいいみたいな、そんな作り方でした。それは、なぜですか？　自分の作った料理を食べる人がいない……つまり、旦那さまは決して朝食を食べない、食べることができないと、あなたが知っていたから……ではないんですか」

文江さんは口をつぐみ、眉を寄せた。その表情がとても苦しげに見える。逸子さんは、身体の向きをかえると、ゆっくりと窓辺まで歩いていった。

「わたしね、ずっと、あの人の世話をしてきたのよ」

窓から差し込む陽光に目を細める。

「家政婦としてだけじゃないわ。男と女としても……ええ、そうよ、奥さまが亡くなられるずっと前から、わたしは旦那さま、いえ福蔵さんと男女の仲だったのよ……福蔵さんと奥さまの間はずっと昔から冷え切っていて、でも、奥さまが離婚を承知なさらないまま、ほとんど他人同士のように暮らしていたの」

「そうだったんですか。わたし……気がつきませんでした。何となく冷めたご夫婦だなとは思っていましたが」

「あなたが働き始めたころは、奥さまはずっと入院していたから……。文江さん、正直に言うとね、奥さまが亡くなってしばらくしたら、福蔵さんは、わたしと結婚するつもりだって……ずっと信じていたの。愛されていると信じていたのね」

「はい……」

文江さんがうなずいた。真剣な眼差しだった。

ちゃんと聞いてくれる人がいる。

逸子さんの胸の中に小さな喜びが湧いてきた。

わたし、ずっと誰かにしゃべりたかったんだ。本気で耳を傾けてくれる誰かを待っていたんだ。

「でも、違ったの。福蔵さんは、わたしのことなんて愛していなかった。ううん、わたしだけじゃない。他人には心を開かない人だったのよ。今から思えば……奥さまも、ずいぶんとお淋しかったんじゃないかしらね」

「はい」

「福蔵さんは、福田家という資産家のお家に生まれて、ずっと、誰より頑張れ、いつも一番になれ、そして、他人を信用するなって言われて大きくなったんですって。人は財産目当てに近寄ってくるから用心しろ、少しでも甘い顔をしたり、愚かだったりすると、すぐにつけ入れられてしまうぞって、ご両親から言われ続けたそうよ」

「まぁ、そんなことを子どもに教える親なんて、最低じゃありませんか。ひどすぎますよ」

文江さんが露骨に不快な表情を浮かべる。怒りが目の中をよぎった。

「わたしも人の親ですからね。そんな話を聞くと、ほんとうに腹が立ちます」

この人、とても善い人だわと、逸子さんは感じた。他人のために本気で怒れるぐらい、善い人なのだ。おそらく、本気で喜んだり、哀しんだり、祈ったりできる人なのだろう。

善い人なんだ。

「だから、福蔵さんはいつも、がむしゃらに頑張って、何でも一番になって、人を信用しないで大人になったの。そして、そのまま歳を取ってしまった。そんな旦那さまが唯一、心を許したのがあの人、川野さんだったらしいわ」

「……逸子さんは、それを旦那さまから聞いたんですか」

「いいえ、盗み聞きしたの。一昨日、川野さんを迎えたときの旦那さまの様子がいつもと違うので気になって……数日前からじっと考えたり、弁護士の先生を呼んだりしてたでしょ。それも気になって、何かあるんじゃないかって、隣の部屋に隠れて耳を澄ませていたわけ。文江さんのつまみ飲みより性質《たち》が悪いわね、ふふふ」

逸子さんは肩をすくめ、優しい笑みを浮かべる。

「そこで聞いた話だとね、川野さんは福蔵さんとは正反対でのんびりやで、大らかで、他人を素直に受け入れるような人なんですって。福蔵さん、心の底でずっと憧れていたって、川野さんに言ってたわ」

「おれは、ずっとおまえのように生きたかったんだ」

福蔵は一息にそう言うと、下唇を軽くかんだ。

とうとう、言ってしまったな。

他人が羨《うらや》ましいなんて、口が裂けても言うんじゃないぞ。

父親から、厳しく戒められてきた。おまえは、他人から羨ましがられ、憧れられることはあってもその反対はないんだと、言われ続けてきた。しかし、福蔵はずっと川野陽介が羨ましかった。どんな人間でも、懐に抱きこんでしまうような大らかな性格が、屈託のない、他人を信じ他人からきちんと信用される陽介が羨ましくてたまらなかった。陽介のように、他人と本気で笑ったり、泣いたり、関わりあったりしながら生きていきたかった。

その思いは、松浦稲子、今は川野稲子となっている女性が相思相愛の恋人として、一生の伴侶《はんりょ》として陽介を選んだとき、さらに募ったのだ。

福蔵は稲子を密かに愛していた。ランドセルを背負って、いっしょに通学路を歩いていた小学生のころから、好きだった。父親と一世一代の大喧嘩をしてまで地元の中、高校に進んだのは稲子の傍にいたかったからだ。

欲しいものは力ずくで手に入れろ。

それもまた、父親の教えだった。福蔵はその教えのとおりに、強引に力で欲しいものを手にしてきた。しかし、稲子だけは別だった。本気で惚れた相手に力ずくで迫ることなんて、できない。それに、稲子が陽介に恋していると知ったとき、激しい衝撃を受けたはずなのに、心の奥底では妙に納得してしまう自分がいた。

川野なら、しかたないか。

と、納得してしまう。

おれと結婚するより、あいつと生きた方が稲ちゃんは、ずっと幸せになれるんだ。

とも納得してしまう。そして、事実その通りになった。細々とではあるがやりとりしていた手紙や葉書から、陽介とともに稲子が満たされ、幸せな日々を送っていると伝わってくる。

「おれは、ずっとおまえのように生きたかったんだ」

福蔵は陽介というより自分に言い聞かすように、同じ言葉を繰り返した。

「福蔵、何を言ってるんだ。おれは、しがないレストランのマスターだぞ。ランチセットを五百五十円から六百円に値上げするかどうかってのが、もっかの最大の悩みなんて、ささやかに生きている人間なんだ。おまえから羨ましがられたりしたら、ヘンテコすぎて頭が逆さまになっちまう。まっ、確かに女房には恵まれたがな」

陽介が顎をあげ、からからと朗《ほが》らかな笑い声をあげた。福蔵も笑ってみる。声は出なかった。陰気な笑みが顔に張り付いただけだろう。心底から楽しく笑うことなんて、ほとんどなかったし、今は笑おうとすると息が切れた。

肺も胃も腸も病んでいる。余命いくばくもないと、医者から告げられていた。そのことを淡々と陽介に伝える。

陽介の顔が能面のように硬く、引き締まる。

「おまえをここに呼んだのは、おれの死んだ後のことを頼みたいからなんだ。おれには家族は一人もいない。心を許した人間もいない。頼めるのはおまえしか、いないんだ」

「ちょっ、ちょっと待てよ。福蔵、それは」

慌てる陽介を無視して、福蔵は続ける。

「おまえに、おれの遺したものを全て引き受けてもらいたい。相続税はたんまり取られるだろうが、それでも、かなりのものは残るはずだ。それをどう処分してくれても構わない。全額、どこかに寄付したいとおまえが思えばそうすればいいし、何かのために使いたいなら使ってくれればいいんだ。ともかく、おれの遺産の相続人になってくれ。頼むから」

福蔵は、頭を下げた。他人に向かって、深々と本気で低頭するなんて、生まれて初めてかもしれない。

しかし、陽介の答えは否だった。

「福蔵、おれ……おれも稲子も今の暮らしに満足しているんだ。けっこう楽しく暮らしているんだ」

「財産なんていらないってわけか」

「いらないと言えば嘘になるけど……あんまり、巨額の財産なんてもらっても、どうしていいかわからないし……、なぁ、福蔵、おれとおまえは友だちだ。ずっとそうだったし、これからもそうだろう。遺産なんてもらいたくないよ。そんなもの、おれたちの間に持ち出すなよ。な、それより、おまえ、すごく元気そうに見えるぞ。そんな病人なんかには見えないぞ。な、もう一度、他の病院で診てもらったらどうだ」

「いや、間違いない。レントゲンまでちゃんと確かめたんだ。おれが半年後に生きている確率は十パーセントもない」

「福蔵……、あ、じゃあ、おれの家に来ないか。いや、来いよ」

「は？」

「おまえ一人なんだろ、こんなだだっ広い屋敷に一人で暮らしているんだろ」

「ああ、そうだな。家政婦はいるが、おれは……独りぼっちだな」

「だったら、おれの家に来いよ。子どもたちも巣立って、稲子と二人暮しなんだ。この屋敷に比べると古いボロ屋だけど、部屋だけは数があるんだ。遠慮することないぞ。ほんと、ないから。それにな、山に囲まれた静かな、とてもいい町なんだ。空気は澄んでいるし、空は青いし、近くに湖もあるし。家のすぐ後ろに清水が湧き出ていて、稲子がこの前体調を崩して寝込んだときも、この清水を飲むと熱が下がったり、食欲が出てきたりしたんだぞ」

「へぇ……そりゃあ、すごいな」

「だろ？　だから来いよ。とびっきりうまい飯やコーヒーをたっぷりご馳走《ちそう》してやるから」

こいつは昔とちっとも変わっていないなと、福蔵は思った。人が良くて、世話好きで、他人のために本気になれる。そこにつけこまれて、うまく利用されたり騙《だま》されたりしてきたはずなのに、ちっとも変わっていない。

古ぼけた、小さな家。

岩の間の湧き水。

青く澄んだ空と遠くに霞む山々の稜線。

虫の声、風の調べ、早瀬の音。

陽介が腕によりをかけてこしらえてくれる料理と稲子の笑顔。

ああ、そうか、おれにはまだ、そんな世界が残っていたのか。最期をそんな世界に包まれて迎えることができるのか。

福蔵は幸福感に満たされた。なぜか、泣きそうになる。

夜が更ける。

「明日、もう一度、来るから。ただし、遺産の話はもう無し、だぞ」

そう言い残して、陽介が立ち上がった。

屋敷に泊まるように勧めたが、広すぎて落ち着かないと、駅前のビジネスホテルに帰っていった。

一人、書斎のイスに座り、福蔵は軽く目を閉じた。さっきの幸福感はまだ、心の芯に確かに残っていて仄《ほの》かに輝いている。

陽介にほぼ全ての財産を譲ると記した遺言書は、すでに作成し顧問弁護士に預けてある。受け取る、受け取らないは陽介と稲子が相談し決めるだろう。

それでいい。

ふっと息を吐く。いつもなら、息苦しくなる胸に、すっと空気が通った。こんなに気分がいいのは、久しぶりだ。

福蔵は立ち上がり、机の前に回ると、大きく両腕を広げてみた。U町の清澄な空気が体内に流れこんでくる気がする。もう一度目を閉じて、二度、三度、深呼吸を繰り返した。

カサッ。

人の気配と微かな音がした。

目を開け、振り返る。

黒い人影と銃口が見えた。

「わたしが福蔵さんを殺しました。猟銃で撃ったんです」

逸子さんは長いため息の後に、そう言った。かすれて、聞き取り難い声だった。

「福蔵さんが許せなかったんです」

文江さんと伸人くんは顔を見合わせた。文江さんが一歩、前に出る。逸子さんは床の一点を見つめ、唇を噛み締めていた。

「わたしを蔑《ないがし》ろにして……それがどうしても許せなかった」

「許せなかったというのは、財産をあなたに遺そうとしなかったから……、今まで世話をしてきたあなたのことを無視したから、ですか」

いいえと逸子さんはかぶりを振った。

「そうじゃないの。わたし、十分なお給料をいただいていたし、貯えも、そこそこあるの。わたしは、お金が欲しいなんて思わなかった。まして、福蔵さんの遺産なんて……一円だって望んだことはなかったわ」

「それじゃあ、どうして」

「独りぼっちだって言ったのよ」

ふいに、逸子さんの声音が高くなる。びりびりと震えた。伸人くんが身を縮める。

「福蔵さんは、自分で独りぼっちだって言ったの。わたしがいるのに……もう二十年も傍にいたのに……独りぼっちだなんて、ひどい……あんまりだって……福蔵さんに独りぼっちだなんていわれたら、わたしの二十年はどうなるの。何の意味もなかったってことじゃない……そんなの許せなかった。わたしを踏みにじって、蔑ろにして……絶対に許せなかった……だから……ここにあった銃で……」

逸子さんは目を伏せ、立ったまま両手を握り締めた。

「それが、動機なんですか」

伸人くんが初めて口を開く。その後、困惑したように眉を八の字に寄せた。

女心って、どうにも理解不可能。

そう言っている顔だ。

「こんなこと言うと言い訳に聞こえるかもしれないけど、わたし……今日にも自首するつもりだったのよ。川野さんを殺人犯にしたてたまま知らぬ顔をするつもりは、まったくなかったわ。信じてもらえる？」

「ええ、もちろん」

文江さんには逸子さんの心が全部ではないけれど、わかる気がした。結局、福蔵氏の想い人は稲子さん一人だったのだ。それを悟ったとき、逸子さんは福田家での二十年が全て無駄だったと感じたのだろう。自分の存在が小さくなり、薄くなり、萎《しぼ》んでいく。行き場のない憤りと絶望が全身を包んだのではないだろうか。その激情が去ったとき、逸子さんに残ったのは虚しさだけだったのだ。

「叔母ちゃん」

　伸人くんが眉を元にもどし、文江さんに向き直った。駆け出しとはいえ、新聞記者の表情になっている。

「じゃあさ、あれは、どうなるんだよ」

「あれ？」

「ダイイング・メッセージ。か・わ・のの三文字」

「ああ、あれね……」

　文江さんは首を回し、視線を巡らせる。一息つき、大股で壁一面に備え付けになっている書棚の前まで歩いて行った。ガラス戸をあける。分厚い背表紙の写真集や辞典の間から薄茶色の小さな箱を取り出す。

「たぶん、これのことだと思うんだけど」

　それは蔓《つた》を模した文様を彫りこんである革製の小箱だった。

「これは？」

「どこか忘れたけど、旦那さまがどこかの国のどこかのバザールで買い求めた物なんですって。これ、旦那さまのお気に入りでしたよね、逸子さん」

「ええ、文様がおもしろいって大切にしていらしたけれど……」

「あっ」

仲人くんが叫んだ。叫んだまま口が閉じない。文江さんと文江さんの手の中の箱の間で視線を揺らす。

「そう、やっとわかった、仲くん。旦那さまは、最期の力をふりしぼって、『かわのはこ』と書きたかったのよ」

「革の箱か。流れる川じゃなくて、動物の革だったわけだ。うん、それなら、漢字より平仮名の方が簡単だよな」

「ええ。でも、途中で力つきて、川野さんに嫌疑がかかっちゃったのね」

「けど、何でわざわざこの箱のことを書き残したんだろう」

「そうね、それを確かめてみようか」

文江さんが箱に手をかけた。右から仲人くんが、左から逸子さんが覗き込む。

「……手紙？」

二つに折りたたまれた封筒が入っていた。

「逸子さん、これ、逸子さん宛てですよ。旦那さまの字です」

逸子へ。

封筒の表書きは確かに福蔵氏の筆跡だった。

「わたしに？」

逸子さんが封筒を取り出す。指先が震えていた。

短い手紙だった。

逸子へ。
逸子、わたしはもうすぐ死ぬ。医者からそう告げられた。
あまり悲しくはない。自分の人生に満足しているわけではないが、
未練もない。
しかし、おまえのことだけが気掛かりだ。
今まで、我儘なわたしによく尽くしてくれた。
感謝している。
おまえがこれからの人生を金銭の苦労なく暮らしていけるだけの金額を遺しておく。

弁護士がちゃんと、取り計らってくれるだろう。

おまえも若くはない。この金で、のんびりとした静かな老後を送ってくれたら、嬉しいのだが。

長い間、世話になった。もう一度、言うが、感謝している。

谷田　逸子さま

福田　福蔵

「あぁぁ」

逸子さんの口から叫びに近い声が漏れた。

「福蔵さん……」

逸子さんは手紙を胸に抱きしめ、しゃがみこんだ。白いブラウスの背中が激しく震える。

文江さんと伸人くんは、黙って震える背中を見下ろしていた。

「逸子さん、今頃、どうしているかしら」

文江さんが呟く。

「罪を全面的に認めているからな。裁判が長引くってことはないだろう」

仲人くんが答える。

二人は前と同じ喫茶店の前と同じ席に座り、文江さんはアンミツ、仲人くんは杏仁豆腐をせっせと口に運んでいた。今回は、文江さんが甥っ子を呼び出したわけではない。叔母と甥は偶然、この店の前で鉢合わせし、「あら、ひさしぶり」「ほんと、ほんと」「せっかくだから、お茶でもどう？」「いいね、おれ、甘い物が食いたかったんだ」「わたしもよ」という会話の後に、喫茶店の片隅で向かい合って座ったのだった。

あの事件から一ヶ月が経っていた。

「なんだか、おれ、人生について考えさせられたよ」

仲人くんがしみじみと語る。口の端に杏仁豆腐がくっついていた。

「どんなふうに考えたわけ？」

「いや、だからさ。何が幸せかってこと。金があるのも良し悪しだなって」

「心配しなくていいわよ。あんたが金持ちになることなんて一生、ないから」

「何だよ。その言い方。それより叔母ちゃん、働き口が見つかったんだってね。また家政婦なんだろ」

文江さんの顔がすっと硬くなる。

「それがね……ちょっと変なのよ」

「変って？」

「今度のお家ね、福田家に負けない豪邸なんだけどさ。うん、庭なんかものすごく広くて、調度もりっぱでね。わたしの雇い主は、まだ若いご夫婦なの。たぶん三十代だと思うけど……、お屋敷に住んでいるのは、そのご夫婦二人だけなのよね」

「へぇ、そりゃあ豪勢だな。羨ましい限りだ。おれなんか1DKを借りるのがやっとこさなのに。で、変ていうのは？」

「うーん、なんかさ、その二人、本当の夫婦じゃないみたいなの。夫婦のふりをしているだけで……しかも」

「しかも……」

「お互いがお互いを怖がっているというか、怯えているみたいで」

「えっ、どういうこと？」

仲人くんは、思わず身を乗り出していた。文江さんの目がぱっちりと開いている。

平凡で、のんびりやで、普段はぼーっとしている叔母が、実はさまざまな事件に遭遇する、あるいは事件を引き寄せる質であることを、仲人くんは薄々ながら感じていた。

花が蜜蜂を呼ぶように、叔母は自分の生き方にも意思にも関係なく事件を引き寄せるんじゃないだろうか。

「なぁ、叔母ちゃん、その話、もう少し詳しく話してよ」

「アンミツ、もう一つ、奢《おご》ってくれる？　できたら次は、クリームアンミツを食べたいんだけど」

「え？　またかよ。叔母ちゃん、ダイエットの最中じゃなかったのかよ。まぁ……いいや。そのかわり、ちゃんと話を聞かせてよ」

「いいわよ。わたしも誰かにしゃべりたかったの。まずね、わたしが家政婦として働き出してまもなく、ちょっと奇妙なことがあったのよ」

文江さんが、声を低くする。

伸人くんはわくわくする胸を押さえ、口の中の杏仁豆腐を飲み下した。

外はもう冬の風が舞う季節となっていた。

ユメかウツツか。

後書きにかえて。

物を書くとは、橋の上で裸になること。

むかし、むかし、さる先輩作家に言われたことがあります。要するに、物書きたる者、己を晒すことを躊躇してはならないということでしょう。

わたしはこの言葉にいたく感動し、「そうだ、物書きは裸を晒してなんぼじゃ」と胸の内で叫んだものでした。

それからン十年、わたしはまだ、端くれとはいえ一応物書きとして生きています。正直、よくもまあ続いていることと、我ながら感心というか感無量というか……。たとえれば、もぐりで入ったアイドルグループで、センターには決してなれないが落後することもなくン十年歌い踊り続けてきた少女の感慨といったところでしょうか（ン十年続けていれば、さすがに少女ではなくなりますよね）。ここまで何とか続けられたのは、わたしを支えて下さったみなさんのおかげ。ありがたいことです。恩返しの方法はただ一つ、「えおっ、これ、おもしろい」と読者が喜んでくれる作品を生み出すこと。それしかありません。そのためには、ええ、脱ぎますとも。裸を晒すことを躊躇いなどいたしません。

わたしは、震える指でブラウスのボタンを一つずつ外してまいります。ああ、真珠にも処女雪にも見紛うと称えられた肌が羞恥心のあまり桜色に染まり、えも言われぬ色香を漂わします。この色香に抗いきれる殿方が、この日の本にどれほどおりましょうか。佐根小路さま（誰だ？）は普段の紳士然としたお姿をかなぐり捨て、飢えた獣の如く眼を光らせ、喉を鳴らしてわたしに近づいていらっしゃいました。あれぇ～っ、ご無体な。

え？　やめろ？　いいところなのに？　想像したくない？　何で？

あちこちからクレームが続出いたしましたので、路線を変更いたします。自分を晒すなどという大仰な決意があったわけではないのですが（なかったんかい！　と、突っ込んでください）、この『夢うつつ』では、わたしのささやかな日常とささやかな物語がどう繫がるのか、ちょっとだけ検証してみようなんて、考えました。

この本には六つのエピソードと物語が収録されています。エピソードはわたしの現実です。

蜻蛉のトンネルも、庭にひょっこり現れたモリアオガエルも、娘の寝っ転がり事件も、全て現実です。と、力を入れるほどのものじゃないですよね。どれも、日常の内に埋没し、消え去ってしまう程度の小さな、他人にとってはどうでもいいエピソードです。

「くじら坂で」に登場した愛犬(♂・ラブラドール)は、二〇一三年の一月に亡くなりました。生きているときは、怠け犬で大食いで足腰が弱って寝たっきりになっているのに、餌だけはしっかり平らげてしまうアイツにうんざりしたり、腹が立ったり、時には「もう、このアンゴウモノ(馬鹿者)が」なんて怒鳴ったりもしたけれど逝かれてしまうと、何とも寂しくて「なんで、もうちょっと優しくしてやらんかったんじゃろ」とやり切れない気持ちに襲われたものです。一年も経つと、その気持ちが少し薄らいで、犬のいない暮らしそのものが寂しく感じられるようになりました。

「そろそろ、次の犬を飼う?」

「そうじゃなあ。今度も大型犬がええなあ」

なんて会話をチャーハンダンナと交わした夜のこと、夢の中に愛犬が現れさめざめと泣くのです。泣きながら、忘れられてしまうことの悲しみを訴えるのでした。朝、眼が覚めると枕は涙でぐっしょりと濡れていました（決して涎ではありません）。そして、その涙の染みは、何とアイツの横顔そっくりだったのでした。

さて、問題です。

このエピソード、どこまでがウツツでどこからがユメでしょうか。正解者の中から十名様に文春文庫編集部より、ちっとも豪華じゃない賞品が贈られます（嘘です。良い子のみなさん、ごめんなさい）。

実はこのごろ、わたし自身、自分の現実と物語の世界がなかなかきっちりと線引きできなくなってきているのです。ユメがウツツでウツツがユメで。

人が生きる世は、だから、おもしろいのでしょうか（悪友曰く「あさの、それ、やばいで。あんた天然ボケと妄想癖が混ざり合ってどっちも悪化しとるんじゃが」とのこと。ほっといてくれ）。

こんな、わたしの世界を支え、励まし、『夢うつつ』という本にしてくださった東京書籍編集部の植草さん、文庫という形で新たな命を与えて下さった文春文庫編集部の児玉さん、ここで、ちゃっかりお礼など言わせていただきます。ありがとうございました。

あっ、そうだ。

この前、うちの庭にフクロウが二晩続けて飛んできたんですよ。

夜十時を回っていましたか。

突然夜のジョギングを思い立った（孫に「ばぁばのお腹、むちゃむちゅしとるねえ」と言われました）わたしが、視線を感じて顔を上げたら、電線に止まっていたのです。見詰め合うこと数秒。フクロウは羽音もさせず飛び去っていきました。そのとき、わたしの記憶が突然解き放たれたのです。

わたしは、あの事件の犯人を知っている。

まさか、まさか……。

ここまで付き合ってくださったみなさんに、感謝します。また、どこかの物語でお会いしましょう。

二〇一三年十一月

あさの　あつこ

初出　読売新聞大阪本社版
「くじら坂で。」　二〇〇九年七月一三日付掲載
その他は単行本化の際に書き下ろし
単行本　二〇〇九年九月　東京書籍刊

文春文庫

夢《ゆめ》うつつ

定価はカバーに
表示してあります

2014年1月10日　第1刷

著　者　あさのあつこ
発行者　羽鳥好之
発行所　株式会社 文藝春秋

東京都千代田区紀尾井町 3-23　〒102-8008
TEL 03・3265・1211
文藝春秋ホームページ　http://www.bunshun.co.jp

落丁、乱丁本は、お手数ですが小社製作部宛お送り下さい。送料小社負担でお取替致します。

印刷・凸版印刷　製本・加藤製本

Printed in Japan
ISBN978-4-16-790005-2